君偉上小學 特別篇

君偉的
節日報告

文 王淑芬　圖 賴馬

目次

人物介紹

張君偉

我讀四年七班，我知道世界上已被發現的昆蟲有一百多萬種，而且我會畫其中的一百種。我最喜歡兒童節，因為我快要不是兒童了。

張志明

我從一年級起一直是君偉的同班同學，我相信他真的會畫一百種昆蟲，但我媽媽說不可能！大人很難懂。我最愛浴缸讀書日，原因保密。

陳玟

我是四年七班班長，我家有成語辭典、成語小百科、成語故事全集，全都是我的最愛。我最愛使用成語，最喜歡世界標準日，我覺得我是本班一切的「標準」。

楊大宏

我是四年七班副班長，我愛百科全書，但不想借人，萬一張志明在書裡畫烏龜就慘了。我最喜歡世界書香日，因為我家書很多、香水也很多。

人物介紹

白忠雄

我是四年七班的經建股長，很有金錢觀念，每次計算班費都不會錯得很離譜。我最喜歡的當然是聖誕節，每到十二月，我家會賣迷你聖誕樹，買五棵送一棵。

范彬

我和君偉是五年一班的同學，是個美食家。我熱愛金氏世界紀錄日，想訓練自己成為「最懂肉包的世界紀錄保持人」。

江美美老師

我是四年七班的級任老師，我其實並不是很愛教師節，因為張志明送的卡片錯別字太多，他總是寫成「叫帥節」。

暴龍老師

我是五年一班的級任老師，你們給我記住，我根本就不凶！一年當中，我最喜歡颱風假，因為我是個不怕風雨的男子漢！

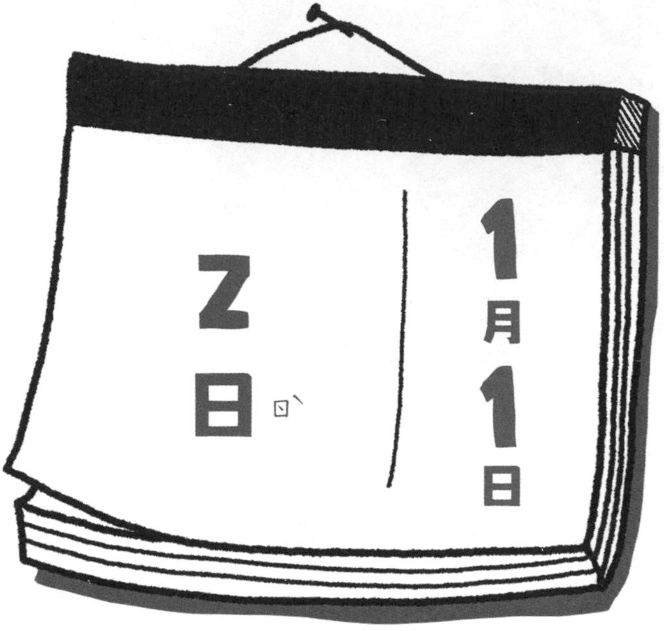

今天是元旦，全家都放假。

一早起床，媽媽送我一份禮物，只是這份禮物我不太想要，因為是一本全新的空白日記，而且媽媽還說：「你四年級了，需要多練習寫作能力，寫日記能培養耐性、觀察力、統整力、想像力……」

爸爸打斷媽媽，並問：「日記應該寫真實發生的事，需要想像力嗎？」

媽媽不太高興：「先寫真實的事，然後發揮想像力，寫出這件事對以後的影響；總之，寫日記的孩子不會變壞。」

但是這本日記本好厚，我一頁頁翻著，發揮想像力，想像著自己每天唉聲嘆氣、不知道要在空白的紙上填滿哪些字？

幸好媽媽又說：「不必每天寫，只要挑選有重要事發生的日期即可。比如說，今天是一年的開始，可以寫：一年之計在於春，一

新年快樂！
送給你的。
這個禮物
太棒了。
日記
DIARY

日之計在於晨……」

正當我想把這兩句抄下來時，爸爸卻搖頭反對：「這叫八股文，又名老掉牙的作文。」

媽媽想了想，又有好句子：「也可以寫：『好的開始是成功的一半。』」

我立刻有靈感：「壞的開始是成功的另一半。」

爸爸一聽，要媽媽別亂指導，然後換他指導我：「既然是日記，理論上就是只寫給自己看，沒有人會偷看，所以你只要放心的寫出心中想法即可。」

媽媽用力的瞪爸爸一眼，然後補充：「一年至少要寫二十篇，其餘的，你可以畫恐龍和昆蟲。」

看在可以自由畫圖的份上，我收下那本日記本，將它放回房間。

才剛走出房門，門鈴響了，原來是我的同班同學兼好友張志明和楊大宏來了。我們前一天約好，今天在我家討論科學展覽的題目。

媽媽端出綠豆湯，要我們先補充體力。張志明嘴真甜，才吃了一口就說：「這比我媽媽煮的好吃一萬倍。」

這種出賣自己媽媽的誇大言論，媽媽不但沒糾正，又舀了一碗給他，還說：「多吃一點，綠豆有營養。」

我突然有靈感了，趕快到房間取出日記本，寫著：「今天媽媽煮了營養的綠豆湯，張志明吃了兩碗。」

楊大宏看見我的日記內容後很有意見：「日記應該寫重要事，不可以變成流水帳。」他還解釋：「流水帳就是把無聊的生活小事依序記錄，沒有創意。」

可是張志明說：「吃營養的食物，難道不是重要的事？」

「算了，我來提供有意義的內容吧。你不如寫今天是國際間知名的Z日，Z就是最後一個英文字母。」楊大宏擦擦嘴，再度展開指導。

結果爸爸媽媽聽了，好奇的靠過來問：「為什麼是Z日？一年之初，應該叫A日才對，英文字母是從A開始的。」

楊大宏一副「我就知道你們這些凡人會這樣」的神情，慢條斯理的說：「沒錯，一般人總是將A擺在前面，意思是永遠只看重名列前茅的人，很少人為

排在後面的人設想。所以，Z日就是提醒大家，在這一年之始，反而要為末段班的弱者著想。」

爸爸媽媽張大眼睛，連連點頭，覺得很有道理。

「雖然這不是官方的公定假日，但在國外許多節慶紀念日的列表上，1月1日都有標示出這個節日呢。」楊大宏說，這表示許多人都有同情心。

他繼續說：「不過，今天也是天主教的教宗保祿六世在 1967 年提出的世界和平日。今天好有意義啊！」

張志明有疑問：「可是，為什麼沒有X日和Y日，倒數第二名與第三名也很可憐啊。」

楊大宏生氣的說：「Z只是一個代表名稱啦。張志明，你真煩！」

「喂，你忘了今天是世界和平日，你不符合和平精神！」

張志明說完，又吃下第三碗綠豆湯，還說：「張君偉，你的日記要改成我吃了三碗，這樣比較有『可看性』。」

—張君偉的節日心得報告—

1月1日應該再增加一個節日：「不要送全新日記本給人日」，這樣才「和平」。

楊大宏的熱心補充

一年開始的1月1日，因為有很好的象徵意義，所以不少節慶就選定在這一天。除了「Z日」、「世界和平日」，聯合國大會也與美國國會一同發起這一天是「全球家庭日」（Global Family Day），希望全世界就是一個大家庭。還有一些國家訂這一天為「保守承諾日」。

上課鐘聲響了，張志明匆忙奔進教室，遞給我一隻暗褐色的可疑小蟲屍體，小聲說：「我在生態園撿到的，你看看這是什麼，有沒有毒？」

我也小聲回答：「如果有毒，你不就中毒了嗎？」

張志明就像大夢初醒，馬上舉手向老師報告：「我

要出去洗手。」

看著張志明的背影，江美美老師連連搖頭：「這個張志明，能不能一天乖乖的，沒什麼事啊？」

班長陳玟立刻附和：「沒事找事，真是多事之徒。」

沒想到楊大宏忽然像是領悟了什麼：「報告老師，今天正好是『沒有節』，也可以說『沒事節』，這是在美國登記有案的節日喔。我的堂哥在美國讀書，他跟我說過，去年他的老師，還在這一天舉行慶祝活動呢。」

老師顯然覺得這個節目很有趣，於是問：「他們怎麼慶祝『沒有節』？」

「就是『沒有慶祝』啊。」楊大宏說完，全班都笑了出來。

老師微微一笑，不斷點頭：「這很有意思呢，值得我們討論一下。」

張志明正巧進教室，及時趕上這個話題，馬上提出慶祝的方式：「老師您今天不必指派回家功課，我們不必寫，您就不必改，我媽媽也不必催，大家都沒事，好好過個沒事節，好不快樂。」

「哇，你一句話使用了五個不字，真不簡單。」江老師說。

張志明答：「不客氣。」

不過，陳玟對這種「慶祝方式」不以為然，她說：「老師，您平時教大家要勤學，多做事、多動腦，本班不適合過這種無意義的節。」

白忠雄附和：「沒有節聽起來沒有錢賺，還會賠錢。」

沒有節就是
不派功課，不必寫，
不必改，不必催，
好不快樂！

張志明卻說：「有句成語說：『多一事不如少一事』，應該就是要我們別做事啊。」

陳玟氣得想站起來辯駁，但是老師卻要她先冷靜。江老師說：「乾脆藉這個機會討論一下，在『有』和『無』之間，我們該如何選擇？這是哲學問題啊。」

老師看大家一臉茫然的樣子，繼續說明：「通常我們都說，要做有用的人，不過，古代有位莊子曾說過一句很有智慧的話：『無用之用，是為大用。』意思是，看起來最沒有用的，說不定反而最有用。他還舉例，森林中最沒有用的樹，因為沒有用，不會被砍去做家具，結果反而活得最久。」

楊大宏點頭：「最後成了神木。」

張志明也點頭：「我決定要一輩子沒有用，最後成為一個神人。」

但是陳玟反對：「這種說法太極端，一輩子沒有用，都不做事，就會一事無成。可能連三餐都無法溫飽，根本活不久。」

張志明皺起眉頭，嘆口氣：「好像有道理。」

老師繼續說：「有和無的價值，應該會因人而異，有各種可能。對某人沒有用的事，說不定對另一人很有價值。」

「對啊，」張志明很高興可以為老師舉實例：「就像一隻沒有用的死蟲子，在張君偉眼中卻是價值連城，十分有用。君偉，你說對不對？」

真奇怪，張志明什麼時候開始，跟陳玟一樣，說話喜歡使用成語了？而且，我桌上這隻昆蟲屍體，有什麼價值？

楊大宏提醒老師：「所以，到底要多做事，還是少做事？應該是要勤能補拙，還是少做少錯？」

張志明大叫：「你們都忘了今天是『沒有節』，就是不要做任何事，何必苦苦想東想西？」他還建議：「老師，不如我們去校園散步，上一堂『沒有課』——沒有作業、沒有背課文，也沒有隨堂小考。」

聽到張志明這麼一說，老師才叫出聲：「哎呀，我忘了這一節要考數學。」

張志明連忙安慰江老師：「沒事！沒事！今天是沒有節啊。」

—張君偉的節日心得報告—

我「沒有」心得。

楊大宏的熱心補充

1972年，美國一位報紙專欄作家哈洛·科芬（Harold Coffin）提出：每天都有不同名目的紀念日或節慶，幾乎氾濫成災了，乾脆也設一個「不必紀念什麼、無所事事的沒有節（Nothing Day）」。後來雖然沒有真的成為公定節日（但有透過基金會在美國加州註冊），不過也有些人認為，正好可以好好思索「有與沒有之間」的價值與意義，也算是一個哲學的探討。

寒假中整天在家有點無聊，於是我打電話給張志明和楊大宏，問他們要不要來我家畫畫？

張志明說：「太好了，我妹妹要五隻三角龍。」

張志明好像也喜歡畫圖，常在上數學課時低著頭，看起來很認真的抄抄寫寫。不過每當江老師覺得很不尋常時，就會走到他面前，結果通常是：「你又在課本上畫烏龜了。」

「烏龜最容易畫啊。」張志明一定會這樣解釋。

媽媽聽我說完張志明上數學課的事情後，語重心長的說：「數學很重要，喜愛數學的孩子不會變壞。這樣好了，我來想辦法提升張志明對數學的興趣。」她說等一下會告訴我們跟數學有關的趣味故事，希望張志明聽了，會大徹大悟，發現數學是世界上最有趣的學問。

楊大宏先來我家，一聽到我媽媽這樣說，立刻點頭：「我早就知道，數學是一門藝術。」

張志明來了之後說：「如果是白忠雄，一定會主張：數學會讓我們賺很多錢。可是，我不想賺很多錢，賺一點點就好。」

但是媽媽「修正」張志明的說法，她告訴我們，學數學的目的，是在思考過程中得到珍貴的啟發，不一定是為了賺錢。

「比如，」媽媽想到一個好例子，「古希臘時期的數學家阿基米德，為了替國王測試王冠是否為純金打造，想了很久，最後……」

常讀百科全書的楊大宏立刻幫媽媽接話：「他泡在浴缸裡，水滿出來，於是很興奮的想到，可以利用這個原理來測試王冠。後來還因此發表了著名的浮體論。」

但是張志明對浮體論不感興趣，反而有不同結論：「所以這個故事的重點是，家裡沒浴缸的人會很慘。」他補充說明：「就會想不出答案，被國王砍頭。」

媽媽笑著說：「張志明有突破性的創造思維，很好，總是

能想到與眾不同的答案。」

「據說當年阿基米德泡在浴缸，想到如何以浮力測試王冠時，因為太開心了，就馬上得意的跳出浴缸，大叫：尤里卡！尤里卡！」媽媽解釋：「這句希臘語的意思是：『我發現了，我發現了！』從此以後，如果有人在某些時候忽然解開困惑，就說那是他的『尤里卡時刻』。」

楊大宏忽然大叫：

「尤里卡！」

我們一起轉頭看他：

「你發現什麼了？」

「我發現今天正好是『浴缸讀書日』，好巧。」根據楊大宏讀過的《節日小百科》記載，這是美國不知哪一年發起的活動，要大家在這一天，趁著躺在浴缸好好休息，順便讀一本書。

媽媽笑著說：「這個活動挺不錯耶，我今天也要在浴缸讀一本小說。」然後，她又趁機指導我們，其實浴缸只是一種象徵，因為人在泡澡時，是身心最放鬆的時刻，所以這個活動，真正意義在於「以輕鬆心情，好好讀一本書。」也可以說，平時老覺得沒空讀書的人，不妨利用泡澡時，讀幾頁書。

媽媽又補充：「宋代有一個名人歐陽修也說過，他最喜歡在『三上』寫文章，因為心情放鬆時，反而能靈感活絡，文思泉湧。所謂的三上，指的是：在馬上、在枕頭上、在廁所馬桶上。」

「其實這裡的『三上』也是一種比喻，並不是真的要大家在搭車時、睡覺前、上廁所時讀書與寫作，畢竟我們要考慮一下健康跟衛生。」媽媽好像很怕我們從此以後都在廁所讀書。

「不如分享一下，你們在哪些時刻、什麼地方讀書最能放鬆吧？」媽媽先說出她自己的答案：「我最喜歡在客廳沙發上讀小說，一面喝著咖啡。」

我馬上作證：「是真的，而且還常常讀到忘了煮晚餐，結果我們只好訂披薩來吃。」

「那麼好！」張志明滿臉羨慕，「我也要勸我媽媽每天在沙發上讀小說。」

楊大宏推推眼鏡，一臉正經的說：「我習慣在爸爸為我特製的柚木書桌旁，坐在符合人體工學的椅子上，閱讀百科全書。」

張志明覺得這個話題很有趣，興致高昂的說要打電話給每個同學，收集大家的讀書地點和嗜好。

他打聽到白忠雄的是：「我最喜歡在沙灘上看書，很像在演電影，還可以撿貝殼去賣。」聽起來，他好像只是在電影中看過，並不是真的在沙灘看過書，而且他的重點好像不是看書，而是去賺錢。

還有人說喜歡在樹下、在圖書館、在公園。陳玟的答案很離奇：「我喜歡在廚房門口看書。」理由是媽媽會一邊做菜，一邊夾給她吃。

不過再怎麼奇怪，都比不上張志明的，因為他的答案是：「我喜歡在浴缸看書。」

理由很簡單，他家沒有浴缸。

—張君偉的節日心得報告—

我覺得在浴缸讀書挺不錯，不過楊大宏說：如果書本掉進浴缸怎麼辦？結果張志明居然回答：「浴缸不要放水就行了。」他還提醒：「要記得倒杯汽水放在浴缸邊，電視有演。」

楊大宏在符合人體工學的椅子上讀百科全書補充

除了每年2月9日的「浴缸讀書日」（National Read in the Bathtub Day），其他跟浴缸有關的節日，還有：1月8日，泡泡澡日（Bubble Bath Day）；10月7日，浴缸日（Bathtub Day）；12月5日，浴缸派對日（Bathtub Party Day）。看來，浴缸真的是「人類忠實、親密的好朋友」。

「君偉，幫我畫一隻脖子很長的東西，我妹妹想要。」下課時，張志明拿著一張白紙，十萬火急的要我幫忙。

我問：「要畫長頸鹿，還是長頸巨龍？」

張志明連連搖頭：「不是不是，我妹妹希望長大後成為脖

子很長的公主，這樣才能戴許多美麗的項鍊。」

他又問我，長頸巨龍是什麼？楊大宏一聽，趕來解說：「牠是生存於侏羅紀晚期的恐……」話還沒說完，就被張志明打斷：「原來是恐龍啊。」

張志明說他對已經滅絕的東西沒興趣，面帶不屑的說：「恐龍就是因為體型太龐大，根本不適合生存在地球上，死了活該。」

陳玟不滿張志明說的，也面帶不屑的說：「你說髒話，該罰。」

「死了活該又不是髒話，是高級成語。」張志明還想辯論。但是陳玟非常生氣的說：「古代有個生物學家達爾文說過，『適者生存，不適者淘汰。』很顯然你不適合在本班生存。」

江老師正好走進來，聽見「達爾文」三個字，笑咪咪的說：「太神奇了！你們跟我真有默契，我正想介紹今天是達爾文節呢。」

楊大宏又趕來解說：「自然老師有教過演化論，這是達爾文提出來的。根據他的觀察，生物會改變，甚至突變，以求在特定環境中能存活。」

張志明吐吐舌頭，馬上舉例：「就像我一樣，也是將自己變得很乖，以求在本班存活。」

陳玟很滿意：「希望你說到做到，心口如一。尤其是在達爾文節這一天發的誓，一定要遵守，否

則可能會從地球消失。」

江老師很溫和的糾正陳玟：「同學彼此之間要友愛，互相幫助也是生物存活的重要條件呢。」她又說：「地球上滅絕的生物真不少，如果達爾文還在，一定對這個現象也有興趣，想好好研究。」

楊大宏想起一件事：「老師，我前天看到一則新聞，說英國新版的英語《牛津兒童辭典》，刪掉一些現代孩子不常用的字。所以，不但恐龍會滅絕，語詞也會滅絕。」

陳玟說：「達爾文說適者生存，不適合的就消失。既然不常被使用，刪除好像很合理啊，不然一本辭典那麼重，萬一掉下來砸到腳就慘了。」

至於是哪些字詞被《牛津兒童辭典》刪掉了呢？楊大宏想了想，說他記得有：蒲公英、風信子、翠鳥、柳樹等。

「什麼？」全班都大叫，覺得不可思議。

張志明說：「柳樹很常見啊，我家附近的水溝邊就種著一排呢。」

我提醒他，公園的池塘邊，不該稱為水溝邊。

「柳樹很可憐耶。」張志明說。「明明還活得好好的，卻被辭典消滅了。達爾文如果還活著，一定暴跳如雷。」

陳玟張大眼睛，盯著張志明說：「你居然能說出『暴跳如雷』這句成語，我要對你刮目相看了。」

張志明很得意：「對啊，我相信如果達爾文在我們班，他一定也會誇獎我每天都在進化。」

楊大宏大叫：「進化跟演化不一樣！」

「我不想聽，這一節不是自然課。」張志明摀住耳朵。

他向老師建議：「為了慶祝達爾文節，我們今天就讓所有不適合上的課都消失吧。比如：數學、國語、英語、自然……，只上體育課和遊戲課就好。」

陳玟大叫：「我們才沒有遊戲課！」

張志明搖頭大嘆：「唉，達爾文一定覺得很離奇，明明遊戲課是最適合地球小孩的課，為什麼會滅絕呢？」

—張君偉的節日心得報告—

我認為達爾文如果讀我們班，應該會跟楊大宏成為知心好友，他們可以一起研究「張志明」這個奇妙的生物。

楊大宏的科學補充

達爾文節（Darwin Day）是為了紀念英國博物學家、生物學家查爾斯·達爾文（生於 1809 年），以他的生日 2 月 12 日這一天來慶祝。他在 1859 年提出「物競天擇」的演化理論，說明地球上的物種，是從原始簡單慢慢演化成複雜、有智慧。在達爾文之前，西方普遍認為世界是由神創造天地萬物，所以達爾文的演化論，受到一些宗教界的批評，甚至到現在還有人對此學說不以為然。這一天正巧也是美國解放黑奴的總統林肯生日，因此有些地區會同時舉行慶祝活動，表彰兩人在歷史上的重大貢獻。

今天江老師穿的裙子上，印滿一朵朵的花。江老師說：「我最喜愛植物了，植物為地球提供新鮮氧氣，我們必須好好感謝它們。」

張志明自動補充：「動物為我們提供新鮮的肉，也該好好感謝他們。」陳玟立刻轉頭瞪他一眼，張志明只好說：「也要謝謝礦物與食物，

以及各種人物，尤其是卡通人物，它們為我們提供好節目。」

老師說：「這一節不玩造詞遊戲，今天是植樹節，我們到校園走走，感受一下植物的美好吧。」

白忠雄問：「要不要帶餅乾去啊？好險，我今天正好有帶。」

陳玟很生氣：「又不是去郊遊。」

張志明反駁：「參觀植物看得太認真，可能會餓啊。」他

還轉頭問白忠雄：「你帶了幾包？」

老師只好趕快宣布：「不必帶餅乾，但可以帶開水。」

校門旁邊是學校的生態園，有高聳大樹，也有花圃。老師指著黃色的花說：「瞧，顏色多美，看起來好溫暖；有植物真好。」

張志明問：「這是什麼花？」

江老師東找西找，找不到說明牌，只好回答：「我回教室再查。」走了幾步，她指著腳邊的紅花說：「瞧，紅色中帶一點紫，讓我想到一句成語。」

陳玟立刻大聲接話：「是『紅得發紫』。」

張志明又問：「這是什麼花？」

可惜又沒有說明牌，老師說回教室後，她會詳細查詢。

「大家抬頭，閉上眼，享受陽光從樹葉間篩下來的暖意……」老師還沒說完，張志明又舉手：「這棵又是什麼樹？」

幸好樹幹上掛著名牌「梧桐」，老師不用再回去查。

我覺得應該為班上貢獻一點智慧，於是為大家說明：「樹上有一隻瓢蟲，是七星瓢蟲。」

老師點點頭：「太好了，謝謝張君偉。」

「昆蟲有六隻腳。」白忠雄也貢獻他的智慧。

張志明馬上跟進：「而且昆蟲跟毛毛蟲不一樣。」

老師很滿意，指著一叢叢白花說：「有聞到花香嗎？植樹節的意義就是在提醒我們，要珍惜地球上的鳥語花香、綠意盎然。」

張志明今天特別勤學，再問：「老師，這是什麼花？」

陳玟終於忍不住了，雙手扠腰，指責張志明：「叫什麼花很重要嗎？」

楊大宏也出聲救援：「老師，您可以下載一款手機應用程式。只要對著任何花拍照，這個程式就會告訴你正確的花名與特徵。」

老師笑著說：「哇，現在科技真進步。謝謝楊大宏。」

白忠雄被引發好奇心，問楊大宏：「有沒有手機應用程式，只要對著任何人拍照，就能顯示正確名字和特徵？」

這下子考倒楊大宏了，他想了想，搖頭說：「可能有，但我沒用過。」

沒想到張志明居然有答案：「有啦，古時候就有了，叫做照妖鏡。只要對著任何妖怪一照，妖怪就現出原形。」

但是這個答案讓陳玟很不滿意，因為張志明講這句話時，一直看著陳玟。陳玟沒好氣說：「你就是本班的妖怪。」

眼看他們又要開始鬥嘴，老師制止陳玟：「植樹節這一天，我們應該像植物一樣，不開口說惡言，只發出動人香味。」

張志明蹲下來，低下頭深呼吸，然後指著眼前的花朵說：「老師，這朵花有點臭。」

白忠雄也蹲下來聞：「真的耶，原來花也有臭的。今天果然學

到很寶貴的知識。」

走了一大圈，江老師好像很累，她指揮全班：「我們回教室吧。」

但是張志明還有最後一個問題，他問老師：「這朵臭花叫什麼名字？」

張君偉的節日心得報告

老師建議大家可以在植樹節這一天真的種下一棵植物，綠化家園。楊大宏說他要在陽臺種防蚊草，一舉兩得。張志明則說他家門口本來就有野草，不必種。我想建議媽媽種豬籠草，但是媽媽說她比較適合種仙人掌。

楊大宏的「有氧」補充

最早提出要重視植物生態，設立「植樹節」的是美國內布拉斯加州，在 1872 年就訂立四月的第三個星期三為植樹節。我國則在民國十八年，因為紀念國父孫中山先生逝世，有感於他生前也積極提倡造林，以改善民生，於是訂定他逝世這一天為植樹節。

除了昆蟲與恐龍，我也喜歡數學。這一點，張志明非常不以為然，他常拍拍我的肩說：「數學很恐怖，會害你一個頭兩個大。」

我說：「一個頭兩個大這句話，可以用數學的方式來寫成等式喔。」

為了改變張志明的觀念，我說了一則趣味數學給他聽：

「你知道嗎，如果把142857乘以2，或乘以3、4、5，一直到乘以6，得到的答案，都包含142857這六個數字，只是順序不同。」

我正想計算給他看時，他卻絲毫不感興趣，只說：「沒事乘來乘去，會浪費我的腦細胞。」

楊大宏也想改變張志明，於是他說了這則趣味數學的續集：「而且君偉說的算式答案都是六位數字，把前三位數加上後三位數，合起來的答案都是999。」

我們兩個一起大聲說：「很有趣吧！」

但是張志明還是說：「我現在一個頭三個大了。」

楊大宏還有大絕招，他告訴張志明：「對了，你知道嗎？今天很適合談數學喔，因為3月14日是圓周率日，也是國際數

學日。」

李靜說：「今天應該是白色情人節吧。」

白忠雄說：「我家賣的白色巧克力，今天有打折優惠。」

正巧下一節是數學課，於是江老師接著補充說明：「以後六年級會教到：圓的周長除以直徑，所得的答案就是圓周率。但是這道計算式根本除不盡，所以你們只要記得小數點後面兩位數即可。」

也就是說，小學生只要記得圓周率是3.14就好了，江老師說圓周率還有個特別的代表符號「π」，讀做「拍」。

老師說我們在圓周率日這一天應該好好謝謝數學家，為世界做出許多偉大貢獻。她還說：「正巧今天也是科學家愛因斯坦的生日，與宇宙學家史帝芬·霍金去世的日子。」

張志明舉手說：「既然如此，我建議老師今天不必出回家作業，好讓我們專心的想念這些偉人。」

老師笑著說：「這些偉人如果知道了一定很感動。」

她繼續補充：「早在四千多年前，就有科學家努力的想計算出圓周率正確的數值，最後終於知道這道算數無法整除，小數點之後有無限多個數字，而且不會循環，算到天涯海角也永遠算不完。」

我立刻舉手報告：「我會背到小數點後五位數：圓周率是3.14159。」

楊大宏也舉手：「所以很多人選擇在3月14日的1點59分開始慶祝活動。」

慶祝圓周率日的方法非常多樣，但一定與314這三個數字有關，比如有一年，美國的芝加哥舉辦跑步比賽，全程3.14公里。更多產品會在這一天，將定價改為這三個數字的特價。

老師說，有個印度人的記憶力超強，曾花了十小時背到小數點後七萬位數，是目前的金氏世界紀錄保持人。全班聽了，

都驚呼：「他的頭一定很大。」

張志明更大喊：「太驚人了，我連九九乘法都背了一整年才記得。」

不但如此，老師還說：「日本有位六十歲的老先生，也背出小數點後十萬位數，不過他花了十六個半小時。」

老師還沒說完呢。她最後說的事更奇妙：有家日本出版社「暗黑通信團」，出版了《π》這本書，全書收錄圓周率小數點後一百萬位數，定價當然就是314日元。

為了增加可看性，書末還很正經八百的列出「問與答」單元，其中一題是：「請問：這就是圓周率全部的數值嗎？回答：怎麼可能，這本書就算出版一百萬本續集，也寫不完啊。」

張志明聽完之後，他的心得是：「我現在一個頭三點一四倍大了！」

張君偉的節日心得報告

為了慶祝圓周率日，這一天應該3點14分放學。或是老師出的功課，只需要寫3.14行就好。

楊大宏的「圓滿補充」

德國數學家蘭伯在 1761 年首度證明：圓周率是個永遠計算不完的「無理數」。

圓周率日（Pi Day）最早是由美國麻省理工學院發起，到了 2009 年，美國眾議院正式通過 3 月 14 日為國家圓周率日，不少數學家於是在這一天以吃「派」來慶祝，因為派（pie）不但與 π 同音，而且造型也是圓形。另有人認為：7 月 22 日也可說是圓周率日，因為 22 除以 7，答案也近似圓周率。

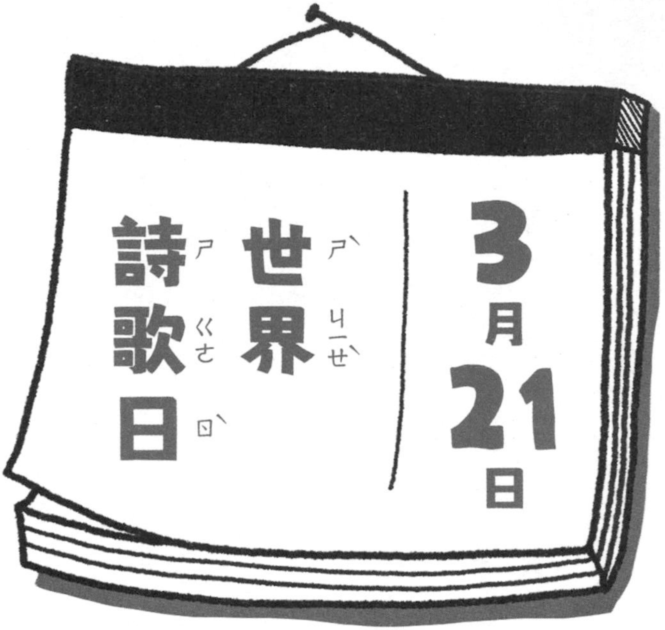

記得三年級時，江老師曾教過：「詩是最精簡、最美麗的語言。」她還教大家寫有押韻的詩。可惜最後那一節課被張志明毀了，因為他寫的詩是〈詠紙尿褲〉，全班都捧腹大笑，完全沒達到老師想要以詩美化、陶冶本班的目的。

今天老師再接再厲，朝會結束進教室後，她便指著黑板右邊寫的日期說：「今天是個特別的日子，是我最喜愛的節日之一。」

張志明大叫：「是情人節還是端午節？」他還解釋：「情人節可以吃巧克力，端午節可以吃粽子，想吃冰淇淋也可以。」

楊大宏卻一臉很痛心的「指導」大家：「今天是世界詩歌日，不吃巧克力，也不吃粽子。」

但是張志明卻忽然想起來：「可是我今天帶的便當好像是粽子耶。」

老師在黑板寫了四個字：「詩是什麼？」接著，她開始說明，為了慶祝世界詩歌日，這一節課邀請全班來當詩人，每個人都得寫一首詩。

白忠雄很懂得配合老師，馬上舉手建議：「最近班費不夠，我們很窮，要增加班費收入，等一下誰寫不出來，就罰十塊錢當班費。」

「談錢好俗氣，不像詩人。」陳玟倒是持反對意見。

老師也說：「有位詩人西川寫過：『你可以嘲笑一個皇帝的富有，但你不能嘲笑一個詩人的貧窮。』寫詩，的確不要跟錢扯上關係。」

大家都懂了：詩是什麼？——原來詩就是「窮」。

「不對不對，我的意思是，創作詩時，別只想到能不能賺錢。詩是……」老師想了很久，好像無法以一句簡單的話來說明詩。

「這樣好了，我乾脆告訴你們，詩不是什麼。」江老師認為，透過她的解說，至少能讓大家知道，「詩，不該那樣寫。」

老師開始舉例：「比如，以衣服為題來寫詩，如果寫成：『衣服，是用來穿的。』那就不是詩的表現。」

張志明立刻懂了：「穿衣服太普通了，應該要寫：『衣服，是用來脫的。』，讓大家意想不到。」

頓時，全班好像都明白了，紛紛接話：「衣服，是用來洗的。衣服，是用來打折的。衣服，是用來褪色的……」

可惜江老師仍然不滿意，她

用力搖頭：「這些都不是詩。因為，不論穿衣、脫衣、洗衣，都是日常生活的習慣，如果你這樣寫，只能說是散文，不是詩。」

老師只好再舉例：「我們換個題目，以『孩子』為題好了，你們總不會寫：孩子，是用來洗的；孩子，是用來褪色的。」

但是張志明卻眼睛發亮，覺得這兩句：「好特別、好有詩味，讓人意想不到。平常大家只會說：孩子，是用來教的；孩子，是用來寫功課的。」

孩子
是用來教的。
是用來寫功課的。
是用來長大的。

陳玟說：「『孩子，是用來長大的。』，這樣寫才有詩味吧。」

老師下結論：「總之，詩不能平凡、普通，要經過轉換。如果我寫：『衣服，是用來給與溫暖的。』或是『孩子，是用來證明世界有愛的。』不寫出大家習慣的用法，又給人耳目一新的感覺，而且也可以加入情感，就比較接近詩。」

不過，大家還是聽不懂，所以最後老師決定：「嗯……大家只要在下課前寫出衣服與孩子的兩句詩，交給我就行了。」

陳玟第一個交卷，她很得意的朗誦給大家聽：「衣服，是用來證明世界有名牌的。孩子，是用來給與零用錢的。」

張志明指出：「班長抄襲老師。」

陳玟卻「哼」一聲辯稱：「我只有抄動詞，而且有經過轉換，前後兩句交換。」

楊大宏也寫好了：「衣服，是用來證明溫暖的。孩子，是用來給與愛的。」

老師笑著說：「雖然跟我寫的有點像，但畢竟楊大宏寫的有點詩味。」

白忠雄的比較好懂：「衣服，是用來縫口袋裝錢的。孩子，是用來養大以後上班賺錢的。」

我想了很久，勉強擠出兩句：「衣服，是用來擋風的。孩子，是用來玩大風吹的。」張志明誇獎我，說兩句都有「風」，聽起來很帥氣。

下課前一秒，張志明總算也完成，交給江老師了。老師看了

看，皺眉說：「這……是詩嗎？」

張志明寫的是：「衣服，不是用來丟的，但要丟也可以。孩子，不是用來罵的，但要罵也可以。」他還說：「我有轉換，把是改成不是啊。」

張君偉的節日心得報告

我覺得世界詩歌日這一天最好請大家都去買詩集，因為我媽說：詩人都很窮。但是我爸卻說，如果詩人很富有，每天吃高檔牛排、肚子大大的，就不像詩人了。難道只有瘦子能當詩人嗎？

3月21日世界詩歌日是1999年聯合國教科文組織發起的，目的是為了推廣詩歌的閱讀、創作與出版。至於華人也有一個詩人節，是訂在農曆五月五日的端午節，因為端午節發起的原因之一，就是為了紀念戰國時代的愛國詩人屈原，所以這天也被稱為詩人節。

今天雖然放假，但是我媽媽卻不想帶我出去玩，因為去年兒童節我們在遊樂園，被擁擠的人潮擠散，幸好我們有事先約定，萬一走散，就到門口會合。加上不管想玩什麼設施，都大排長龍，於是今年我和媽媽都決定：兒童節在家慶祝就好。

媽媽還說：「我覺得現在根本不需要有兒童節，因為家家戶戶已經把兒童當成寶貝，每天都在過兒童節啊。」

張志明與楊大宏來我家玩時，媽媽還和我們繼續討論這個話題，她說：「勞動節是為了感謝勞工的辛苦；母親節是為了感念母親的辛苦。難道兒童節是要感謝兒童的辛苦嗎？」

我們三個人都用力點頭，我們都覺得：沒錯，當兒童很辛苦。

媽媽皺起眉頭問：「哪來的辛苦？」

楊大宏說，學校一學期只有兩次考試，沒有考慮到有些兒童辛苦準備，就是為了能在考試時為國增光——兩次考試真的太少了，只能拿兩張獎狀。

我想了想，也說：「有些兒童很辛苦的存零用錢，卻怎麼也買不起最新的

雷龍模型。」

媽媽瞪我一眼，回答：「因為它太貴了。」

張志明的答案出乎意料，他說：「兒童不辛苦啦，是大人辛苦。所以兒童節要放假，好讓大人休息。」

聽起來好像有點道理，所以媽媽下定決心，今天她要休息一天，讓我們自己去逛圖書館與書店、博物館，或是去逛附近的植物園，那裡正好有優良的展覽。

我們三人才走到門外，討論了三十秒，就決定去逛街。因為張志明說，兒童節時，一定有很多店的商品會打折，他想買卡通貼紙送給妹妹。理由是：「我妹妹平時被我欺負得很辛苦。」

不過，我們才走到巷口，就遇見陳玟與李靜也在街上閒逛。陳玟說：「今天是兒童節，真無聊，不能在教室管秩序，記錄張志明犯了多少錯。」

楊大宏建議大家一起去喝有益健康，又能補充鈣質、蛋白質的牛奶，不過李靜說她想吃紅豆冰。楊大宏想了想就同意了：「紅豆也是有營養的。」

幸好他沒有繼續補充說明紅豆的營養成分。

我們在冰店裡享用美味冰點時，店裡的一位阿姨看著我們說：「現在的小孩真幸福，哪像我們小時候，五個兄弟姐妹一起吃碗冰，

你一小口我一小口輪流吃。」

另一個阿姨也說：「以前爸媽都要我們多吃一點，以免太瘦。現在我卻都是叮嚀兒子少吃一點，太胖了。」

張志明滿臉興趣的問那兩位阿姨：「請再多說一點『古時候』的故事。以前你們也有兒童節嗎？」

「有啊。」第一個阿姨說。

叫自己兒子少吃一點的阿姨也說：「學校還會送禮物，我記得有一年收到的是一包泡麵呢。」第一個阿姨也想起來：「還有一年收到的是可以治蛔蟲的寶塔糖。」她還神祕兮兮的說：「這種糖很厲害，會把蛔蟲嚇死。」

真是太刺激啦！從前的兒童真幸福，禮物聽起來好驚人，卻又好有創意。哪像現在，學校教務主任只說：「今年最大的兒童節禮物是總統送的，會給大家一個適性、安全的教育與保育環境。」

雖然楊大宏很贊同這個禮物：「並不是所有兒童都像我們一樣安全啊！大家都安全比較好，安全比泡麵和糖果重要多了。」

但是陳玟不贊同：「我們班才不安全，有張志明在的地方，就有危險。」

她還舉例，上次科學展覽，張志明竟然提議做「臺灣毒蛇的毒牙研究」，太恐怖了，萬一班上有人被咬到怎麼辦。她還說：「男童就是比女童不懂事！男不如女。」李靜也連連點頭。

張志明聽了很生氣，正想辯解時，卻不小心打翻碗，灑到鄰桌阿姨的裙子上。那個阿姨大叫：「好危險，幸好這不是滾燙的豬血湯。」

楊大宏說：「果然還是總統比較懂事，安全真的比泡麵好。」

─張君偉的節日心得報告─

張志明說他兒童節想要得到一箱寶塔糖，因為可以用來做實驗。我覺得蛔蟲好可怕，萬一寶塔糖吃下肚，蛔蟲就鑽出來怎麼辦？可是，張志明聽得眼睛都發亮了，直說要請全班吃，保證像在演恐怖電影，而且絕對連暴龍老師都嚇得躲開。他還說：「原來世界上最刺激的糖不是跳跳糖。」

楊大宏「很懂事的補充」

世界各地的兒童節，日期並不相同，但主旨都在保護與照料兒童。早在1924年，便有〈日內瓦保障兒童宣言〉。1949年，國際民主婦女聯合會訂6月1日為國際兒童節。1954年，聯合國教科文組織則訂11月20日為世界兒童節（The Universal Children's Day）。到了1959年，聯合國還通過〈兒童權利宣言〉，1989年通過〈兒童權利公約〉，全都是在提醒大家要重視兒童的權利，促進兒童福利。

臺灣的兒童節，訂於四月四日，這一天也是臺灣的貓節。日本的兒童節是五月五日，三月三日則是日本的女兒節。

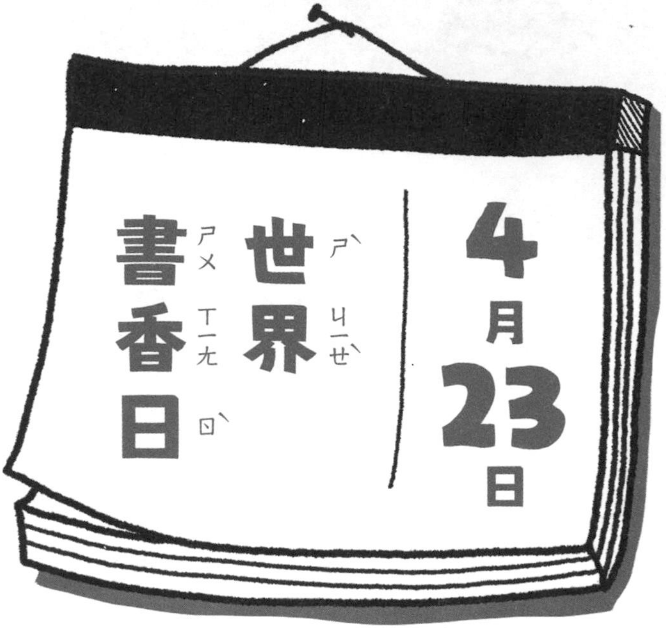

江老師抱著三包長方形的東西進教室，張志明眼睛彷彿像在發光，大喊：「老師要請我們吃巧克力嗎？今天又不是情人節。」

不過，那三包神祕的東西以包裝紙包著，上面分別寫了幾行字，看起來應該不是巧克力。

「當然不是巧克力，這是三本書。」老師解釋：「今天是世界書香日，我們應該在這一天好好想想，究竟為什麼要讀書？」

張志明嘆了一口氣：「這個問題我也一直想不透啊。」

楊大宏推推眼鏡後回答：「閱讀可以增廣見聞、帶來樂趣，還能激發想像力。」

老師很滿意，點點頭：「沒錯。為了提醒世人閱讀的重要，所以訂定今天為書香日，因為今天是英國大文豪莎士比亞的生日。不過，最不可思議的是——今天也同時是他的忌日。此外……」

老師還沒說完，張志明便插嘴問：「所以老師帶來的這三本書，都是莎士比亞寫的嗎？是漫畫還是鬼故事？」

張志明很喜歡鬼故事，上次我和他去圖書館，他一直請圖書館阿姨找找有沒有優良的鬼故事讀物，結果阿姨想了很久，推薦他讀《妖怪醫院》，他覺得挺不錯。

老師沒理張志明，把三本書立起來，放在黑板邊，告訴大家：「今天我想玩一個有趣遊戲，叫做：『與書的盲目約會』。」

原來老師故意把書包起來是有用意的。她在三本書的包裝紙上，分別寫了對這本書的宣傳語，讓大家根據這些話，猜測可能的內容，想想哪一本最具吸引力？下午會請大家表決，從三本中選出一本當作本月的共讀書。

下課時，大家擠在三本書前，陳玟大聲讀出上面的字。

「第一本：這本書讀了會忍不住想哭，已經改編成電影。」

張志明立刻大叫：「這一定是愛情故事，我不選。」

「第二本：這本書的男主角雖然很矮，但是既聰明又熱愛助人。」

李靜搖搖頭說：「太矮的男生，我要考慮考慮。」

陳玟提醒：「又不是要你嫁給他。」而且，她還指著張志明說：「你看張志明，長那麼高，還不是一樣？」說完兩個人一起搖頭。

張志明說：「可不要歧視既高又帥的男生喔。」然後，他繼續大聲唸出第三本書的說明文字：「這是一本字很少的書。哇，那我選這一本。」

李靜說：「哎喲，好難選。三本都很懸疑，我都想讀讀看。」

張志明也說：「真的好難選耶。第一本會想哭，又被改編為電影，聽起來應該很熱鬧；第二本的

男主角既聰明又熱愛助人，聽起來跟我很像。至於第三本字很少，會不會有陷阱啊？」

結果下午閱讀課舉手表決時，第二本得到最多票。

於是江老師打開包裝紙，一一揭曉。

第一本是小說《奇蹟男孩》，老師說她邊讀邊掉淚，連改編的電影也是令人感動得淚流不止呢。第三本則是繪本《野獸國》。

張志明舉手說：「老師，我懂我懂，您是在暗指我們班充滿野獸。」

老師笑著回答：「你想太多了。」然後將最多人選的第二本書舉高給全班看，說：「你們跟我很有默契，其實，我本來就想要跟大家一起共讀這一本。」

這本書叫做《去問貓巧可》，老師說書中每篇故事都值得好好思考、討論，因為這是一本哲學童話，書中的男主角是一隻可愛的貓。

原來如此，難怪老師說男主角很矮。

一聽到是貓當主角，全班都哇哇大叫，瞬間愛上這本書，彷彿貓是大家的寶貝！

楊大宏發表意見：「老師您設計的這個活動真有創意，我也想學這一招，回家後，也要選三本書來考驗我爸和我媽。」

張志明則說：「老師，您設計的騙局太好玩啦，害我那麼認真的選。」

雖然這句話怪怪的，不過我承認，這個盲目選書的遊戲實在有趣。

張君偉的節日心得報告

我建議除了世界書香日，還要有世界飯香日、麵香日、餅香日、咖哩香日、肉香日……，讓全世界每天都香香的。不過，張志明說：「別忘了還要有臭豆腐香日。」

楊大宏的書香補充

1995年，聯合國教科文組織（簡稱UNESCO）訂定4月23日為世界圖書與版權日（World Book & Copyright Day）。這一天是莎士比亞的生日與忌日，也是《唐吉軻德》作者、西班牙作家塞凡提斯的忌日。這一天也是加泰隆尼亞地區的聖喬治節。傳說中世紀時的加泰隆尼亞地區被惡龍攻擊，必須每日呈獻祭品；輪到公主被獻祭時，騎士聖喬治挺身救人，除掉惡龍。龍的鮮血化為鮮紅玫瑰，聖喬治將它送給公主，公主則回贈象徵知識力量的書籍。此後他的忌日便訂為聖喬治節，並互贈玫瑰與書本。

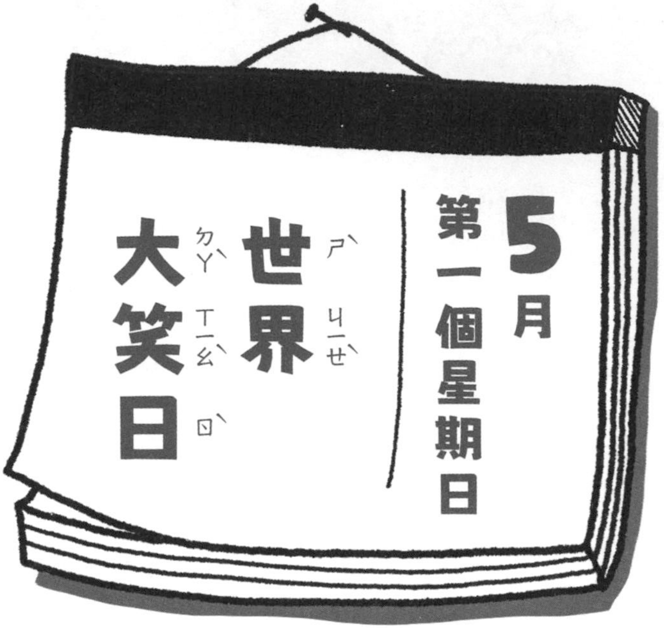

今天真的很倒楣，一大早起床，媽媽就說：「咦？星期天你為什麼六點半就起床？」

我再躺回床上，卻怎麼也睡不著，只好起來寫功課。

等到媽媽起床準備做早餐時，爸爸卻說：「咦，我們不是約好今天要去看早場電影？該出門了！」於是他們要我等爺爺奶奶來，再請奶奶做早餐。我只好餓著肚子繼續寫功課。

等到我吃飽也喝足，爺爺問：「想去公園走走嗎？」我當然說沒興趣，因為每天上學放學都會經過公園，我不想放假時也去啊！

奶奶摸摸我的頭說：「君偉，你不要愁眉苦臉，你知道今天是什麼節嗎？」

「我不知道。」我只知道今天一定很無聊，因為我連功課都在一大早就寫完了。

結果奶奶竟然說：「今天是世界大笑日，來，我們一起大聲笑。」

誰會無緣無故放聲大笑啊？

沒想到，他們兩個卻一起站起來，雙手插腰，張大嘴，真的開始「哈哈哈哈」的笑出來。

我看著也笑了，因為他們很像電視上的氣功大師，正施展內力，發出可怕的力量，擊敗敵人。

爺爺為我說明：「去年我和奶奶加入一個愛笑團，常常聚會，一起練習大笑。」雖然聽起來很可笑，不過奶奶解釋：「這是一個對健康有益的團體，據專業醫師說，大笑時，對內臟十分有益。」

我有疑問：「笑不出來怎麼辦？」

奶奶不斷搖頭：「現在的孩子真可憐，笑都笑不出來。」

爺爺也搖頭：「哪像我們小時候，看見同學跌倒就笑破肚皮。」

奶奶還是搖頭：「看見別人跌倒不該笑，應該趕快扶他起來啦。」

「對了。」爺爺有法寶，「我來找手機上的對話，我們那個通訊群組，常常有人上傳笑話，我來說一個給君偉聽。」

但是爺爺轉述的網路笑話，我根本聽不懂，也笑不出來。比如，為什麼「猴子最討厭什麼線」是個笑話？

奶奶聽了，居然大笑著說：「答案是平行線，因為沒有『相交』。哈哈，笑死我了。」

我不懂，也笑不出來。

爺爺不死心，又滑滑手機，找到另一則：「這個好玩，君偉你注意聽，

保證笑倒。請問，鉛筆姓什麼？」

我不但沒笑倒，還正經嚴肅的回答：「鉛筆……姓鉛？」

「不是啦。」奶奶在一旁笑到捧腹彎腰，「正確答案是蕭，因為我們常說『蕭』鉛筆。」

我只好苦笑。到底這些笑話是誰編的啊？

爺爺還有大絕招：「試試這一則，你如果笑不出來，我只好投降了。請問，螞蟻的媽媽是誰？」

「螞蟻的媽媽是蟻后。」我總算可以很有自信的大聲回答，我讀過不少昆蟲書呢。

爺爺與奶奶卻笑到快喘不過氣來，齊聲說：「不對，是『糖果』，因為我們會說糖果會『生螞蟻』。」

我還是笑不出來。我覺得今天不是世界大笑日，是「張君偉被冷笑話打敗日」才對。

既然我一直笑不出來，爺爺只好要我去看書。他打開電視收看新聞，才過了五分鐘，就在沙發閉上眼，打起瞌睡來了。

奶奶小聲說：「今天爺爺太早起，也笑得太用力，睏了，連我都有點累了。」但是奶奶還是沒放過我，又小聲跟我說了一個笑話。

「做壞事可以選在中午。」

我皺起眉頭：「為什麼？」

奶奶忍不住自己大笑出來：「因為『早晚』會有報應。」

我終於在世界大笑日這一天，笑出來了。

──張君偉的節日心得報告──

我把爺爺說的笑話轉述給爸爸聽，結果爸爸說：「爺爺的冷笑話不好玩。」然後接著說，他的笑話比較有創意：「世界上最好笑的人是誰？答案是死人，因為大家常說：笑死人。」世界大笑日真的很重要，因為我終於知道我爸的笑話比爺爺的更「冷」。

楊大宏微笑補充

第一屆的世界大笑日，是 1998 年在印度舉行。2000 年，丹麥聚集了一萬人，在哥本哈根同聲歡笑，還申請列入金氏世界紀錄。後來，全球各地也開始認同常常大聲歡笑，對身體與心理的健康皆有實質好處，於是訂定每年五月的第一個星期日為世界大笑日（World Laughter Day）。連知名的公眾學習媒體 TEDx 也邀請過許專家主講：「大笑的好處」呢。

世界大笑日官網：

http://www.worldlaughterday.com/

今天朝會時實在很熱，校長在司令臺上不斷要大家：「站好。」但是操場上的我們，熱到快融化了，怎麼站得直？

朝會結束進教室後，張志明第一個動作就是打開教室所有的電扇，白忠雄大喊：「忍耐一下！電費很貴。」

但是張志明說：「我無法忍了，再忍下去，我會

變成一棵沙漠裡的仙人掌。」

顯然張志明真的熱到腦子不靈光，因為這句比喻太奇怪了。

楊大宏也發現了，馬上指出不合理的地方：「沙漠裡的仙人掌很耐熱。」

「它是不得已的，所以才長那麼多刺，刺痛它自己的心。」張志明站在電扇旁，一面擦汗，一面繼續大喊更不合理的話。

這時江老師也走進教室，垂頭喪氣的。張志明趕快邀請她也站到電扇旁邊，

還說：「老師，您快來這裡吹吹風，消消氣。」

沒想到江老師有點不高興的說：「我滿肚子氣，就是被你引發的。」原來，剛才張志明在朝會時不斷甩頭，說是想趕走熱氣。學務主任發現後，立刻跟江老師說本班的秩序與毅力必須加強。

充滿正義感的楊大宏為江老師抱不平：「學生犯錯，為何要責怪老師？」

張志明也說：「太陽犯錯，為何要責怪我？」

「算了，不跟你爭辯了；今天是『說好話日』，我不想口出惡言。」楊大宏才剛說完，白忠雄也附和：「我媽媽說，要常常說好話，才會賺大錢。」

根據楊大宏的解說，這是由美國發起的一個節日，在這一天，每個人都應該謹言慎行，不但不說傷人的話，還要多多讚美他人。

江老師覺得這節日很有意義，於是請大家發表自己想要對誰說好話。

李靜第一個舉手，她說：「謝謝老師辛苦的教我們，還要忍耐張志明。」

「今天又不是教師節。」張志明才說完，馬上迎來李靜的白眼，加上一句大吼：「要你管！」

張志明也大喊：「報告老師，李靜沒說好話。」

楊大宏的好話是送給陳玟的：「謝謝班長為了提升本班優良風氣，常常受張志明的氣。」

張志明搖頭抗議：「我是為了培養班長的肚量。」

我的好話是送給恐龍與昆蟲，因為如果沒有牠們，我就不知道將來要當什麼專家。我的答案受到老師讚許，她說：「張君偉有創意。」

於是接下來張志明學我：「我也要謝謝恐龍與昆蟲，因為恐龍已經死了，昆蟲還沒有死。」

「這樣有什麼好謝的？」李靜有疑問。

張志明揭曉：「這樣大家

就知道，『大』不一定好，『小』說不定活得比較久。」

老師最後也笑著說：「換我來說好話。平時太忙了，常常忘記應該多多鼓勵你們。」原來老師的好話，就是讚美全班同學。她說：「謝謝班長陳玟，為全班費盡心力，副班長楊大宏，總是帶來新知識，真是我們班的小博士。」老師也誇我為班上畫出許多優美海報，白忠雄精心計算班費。

至於張志明……

老師想了又想，有答案了：「謝謝張志明總是帶給我歡笑。」

張志明低下頭，我覺得他好像有點不好意思的在偷笑。

可能因為今天是「說好話日」，陳玟居然也安安靜靜的露出微笑。不過，她忍了三秒鐘，還是說：「我平常努力的說張志明壞話，都是為他好，希望他痛改前非、出人頭地、出類拔萃啊。」

這樣到底算是好話還是壞話啊？

張君偉的節日心得報告

我媽說沒事強迫人說好話有困難度。比如，如果我賴床，難道她要說：「真是個懶洋洋的好孩子嗎？」我很贊同，因為我也不想對媽媽說：「您煮的湯常常忘了放鹽，真美味啊。」

楊大宏充滿正面能量的補充

「說好話日」（Say Something Nice Day）是美國南卡羅來納州發起的一個節日，提醒我們應該多對別人發出善意，尤其是那些為大眾服務的人，像是各地的志工、公車司機、圖書館員等。據說這個活動，是受到美國有本書《說好話：提升工作力》的啟發，在這本與企業管理有關的書中，作者認為：辦公室裡應該以正面鼓勵代替負面指責。

江老師很注重健康，希望全班也都能身強體壯，於是朝會後，她帶著全班一起繞操場跑步，還交代：「慢慢的跑即可，跑完兩圈自行回教室。」

張志明一馬當先，做完暖身操，便衝向操場，儼然像隻花豹回到大草原般，快步奔馳。他經過我身邊時，還放慢腳步問我：「要我陪你嗎？」

不過，天氣實在太熱了，我根本不

想開口回答，只是搖頭不理他。多數同學也不由自主的慢慢跑，連陳玟都自願落後，一面跑，一面嘆氣：「太陽真可怕。」

回到教室後，陳玟舉手向老師建議：「夏天最好別在太陽下跑步，紫外線會傷人。」

老師擦著汗，喘著氣說：「沒想到今天太陽這麼熱。」

楊大宏雖然汗流浹背，仍不忘為全班「增廣見聞」，他舉手說：「今天是北半球的永晝日，在北極圈內，今天24小時都有太陽照射呢。」

他補充說，比如在挪威部分區域，每年5月到7月，太陽

都不會下山，整天都是白天，稱為「永晝」。所以挪威會在夏天舉辦「永晝馬拉松」，讓跑者能在午夜的陽光下跑步；相反的，冬天的11月到次年1月間，則沒有太陽，稱為「永夜」，期間也會舉辦永夜北極光馬拉松，在漫漫長夜中跑步。

聽起來，我們在「普通的」陽光下跑操場兩圈好平凡啊！

張志明出乎全班意料，居然可以在這個很有學問的話題上，舉手表

達意見：「永晝日可以拍吸血鬼片，永夜日也可以拍吸血鬼片呢。」

李靜一聽到吸血鬼就哇哇大叫，老師卻笑著說：「我看過一部吸血鬼電影，背景就是在永夜日，完全沒有陽光，因此百鬼出門來嚇人。」

陳玟覺得張志明的說法有問題：「為什麼整天都有太陽的永晝，與整天都沒有陽光的永夜，都適合拍吸血鬼電影？自相矛盾。」

張志明解釋：「永晝日的鬼片，鬼都死光了；永夜日的鬼片，人都死光了。」

陳玟翻白眼：「我的好脾氣細胞，都被你氣得死光才對。」

老師問大家：「你們覺得住在永遠都有太陽的地方好嗎？」

「當然好。」白忠雄馬上回答，「可以整天做生意，不必關

門打烊，還可以熱賣防晒乳液。」

李靜則說：「永晝不好，因為就不能吃宵夜了。」

張志明響應宵夜話題：「最好吃的宵夜是大腸麵線和小籠包，但是大腸麵線不要加大腸，有點可怕。」

李靜駁斥：「大腸麵線不但要加大腸，還要加小腸、蚵仔、香菜、蒜泥、黑醋才好吃吧。」

老師大喊：「發表主題請鎖定『永晝』，向大腸與小腸說再見。」

我的想法是：「不論永遠是白天，還是永遠是黑夜，都不好。因為生理時鐘會大亂，一天不知道該吃幾餐？也可能睡不著或起不來。」

張志明說：「起不來我可以接受。」他覺得自己很適合住在永夜區。

接著，全班你一言我一語，開始聊起誰適合搬到永晝區，誰該住在永夜區？

忽然，楊大宏又大喊：「啊，現在應該要關燈才對！」原來，他又想到今天也是夏至，他接著說：「今天如極圈是永晝日，也是一年二十四節氣中的夏至，太陽會直射北回歸線，讓北半球受光最多，所以是一年中白晝最長、夜晚最短的一天。」

也因為如此，許多地區都提倡「夏至關燈」，意思是提醒大家在夏天時節約能源，盡量延後夜晚開燈的時間；甚至晚上也不開燈，到戶外進行有趣的活動。

老師也想起來了：「每年三月底，臺北的一〇一大樓，以及許多公家機構、商業大樓，也會響應地球一小時的活動，關燈一小時，節能減碳。」

張志明大叫：「那今天我不寫作業了！因為要節能減碳不開燈，我真是環保小尖兵啊。」

—張君偉的節日心得報告—

我猜生活在永晝地區的人，沒有夜晚，應該都睡眠不足。但是張志明說：「可別小看人類的能力。像我，在哪裡都能呼呼大睡，連上音樂課都能睡。」

楊大宏充滿陽光的補充

因為地球是以傾斜的方式自轉，因此在南極與北極，部分地區各有半年時間會「全被太陽照射」（稱為永晝或極晝）或「完全沒有太陽照射」（稱為永夜或極夜），南北極永晝或永夜的時間正好相反。大約在北半球的6月21日（夏至）前後，北極圈一些地區會二十四小時都有太陽，被稱為「午夜太陽」（Midnight Sun）。北極圈內的國家，像是挪威、瑞典、芬蘭等，都有機會體驗這種「都深夜了，太陽怎麼還沒下山」的景觀。有位攝影師就曾拍攝了永晝日畫面，只見太陽落下海平面沒多久，又立刻日出。

掃描這個 QR Code 就可以看見這個奇觀：

雖然已放暑假，但是因為之前彈性放假，所以今天補課，一早還是得來上學。大家都無精打采的，直到看見教室門口出現一張臉孔，馬上以乖寶寶模樣坐得筆直——那是暴龍老師！

本校的暴龍老師教高年級，但他有時會出現在我們教室，

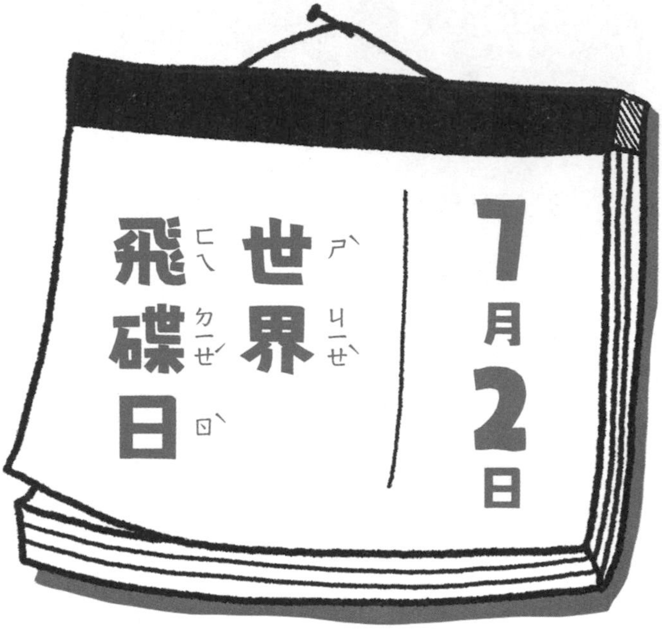

以綿羊般的溫柔語調跟江老師討論事情。不過，他今天現身在我們班教室時，卻是滿臉怒氣。

「怎麼了？」

江老師才剛開口，暴龍老師身後露出兩張臉孔，江老師就明白怎麼一回事了。

江老師立刻從綿羊變成老虎，不高興的皺眉：「張志明、白忠雄，我早就警告你們，不可以在走廊奔跑，是不是又被包老師抓到了？」

本姓包的暴龍老師立刻恢復綿羊般的笑容，輕聲回答：

「這週已被我抓到三次了，不過，他們已經發誓，不會再有第四次。」

向暴龍老師道謝後，江老師連連嘆氣，拎著兩個人進教室，以哀傷的語氣說：「明明知道暴龍老師不好惹，你們偏偏在他眼前作怪。」

張志明也哀傷的說：「都怪我們的運氣不佳，才跑幾步就遇見他。」

楊大宏也加入：「要怪只能怪暴龍老師不是外星人啦，如果他是，我們就永遠遇不到了。」

楊大宏前天才被暴龍老師警告：「不可以邊走邊看書！」難怪他也滿臉怨氣。

可是江老師卻說：「包老師是為你們好，擔心你們受傷。」老師為了轉移他們的哀怨，馬上更換話題：「雖然暴龍老師不是外星人，但是今天恰巧是世界飛碟日呢。」

這下子，楊大宏更傷心了，因為他竟然不知道這個節日。

老師只好再度安慰他：

「我們全家都是外星迷，所以我才知道，而且每部與外星人有關的電影，我都看過喔。」

沒想到看起來像童話公主的江老師，居然是個外星迷！

張志明大呼：「老師，您該不會是外星人吧？據說外星人很會變裝。」

白忠雄卻主張：暴龍老師才比較像外星人吧。

不過，陳玟推翻這些說法，下結論：「地球上根本沒有外

星人，因為沒有科學證據。」

江老師看起來真的對這個話題有興趣，問大家：「你們相信宇宙間有外星生命嗎？」

「應該有！當然有！」全班幾乎都同意。

江老師在黑板寫了四個字：「費米悖論」，然後開始解釋：「費米先生是二十世紀的一位物理學家，這是以他為名的一段互相矛盾理論。」

費米悖論是在討論外星文明是否存在的矛盾，因為「宇宙那麼大，應該有外星文明存在，地球人絕對不是銀河系的上千億行星中，唯一存在的文明生物。」可是，如果外星人真的存在，為什麼地球人從來不曾見過外星人呢？這兩句論述因為彼此矛盾，所以叫做悖論，悖就是衝突、矛盾的意思。

聽完老師「很有學問」的解說，大家都安靜不說話，覺得想不通，到底外星人存不存在呢？

倒是張志明第一個打破沉默：「不要擔心外星人啦。只要小聲一點，我們不要主動去找他們就好。」

陳玟瞪他：「對！所以你不可以再奔跑，要小聲一點，免得被『外星人』發現。」

「暴龍老師才不是外星人呢。」

「你怎麼知道他不是？」

陳玟與張志明開始吵了起來。

楊大宏舉手向老師報告：「我認為是因為地球人的智慧不夠高，

所以就算真有外星人在地球，也沒被發現。」

老師點點頭，看著我說：「張君偉，不如你下學期的教室布置，就以外星人為主題吧。」

今天果然是世界飛碟日！我從頭到尾一句話都沒說，還是「遇見」外星人了。

—張君偉的節日心得報告—

到底有沒有外星人呢？這個問題實在讓我想破頭。不過，至少我知道，如果要畫飛碟的海報，不必再把飛碟畫成圓形啦！因為既然沒有人真的見過外星飛碟，要畫成什麼樣子都可以。

世界飛碟日組織（World UFO Day Organization，簡稱 The WUFODO）於 2001 年成立，組織的成員訂立 7 月 2 日為「世界飛碟日」（World UFO day）。他們認為總有一天，地球人一定會遇見外星生物。甚至還有成員相信，早就有外星人抵達地球；其中最有名的，是 1947 年在美國新墨西哥州羅斯威爾市發生的「羅斯威爾事件」，據說有不明飛行物體墜毀、且有可疑的外星小矮人屍體。不過，這事件也一直被認為是謠言。

WorldUFODay.com 的官網：http://www.worldufoday.com/

今天不是愚人節，但是我一早接到張志明電話時，還以為他在開愚人節玩笑呢！因為他居然一開口就說：「張君偉，現在快去抱你媽媽，向她說謝謝，今天是個重要的日子。」

張志明說今天是「國際無子日」，就是在

慶祝有些人不生小孩的可怕節日。我們都該感謝爸爸媽媽不是這種可怕的人，不然世界上就沒有張志明與張君偉了。

結果我向媽媽說「國際無子日」時，媽媽卻說：「不生小孩怎麼會可怕？生小孩才叫可怕呢。」

然後，她開始描述當年生下我時，痛得多可怕；生下我以後，仍然很可怕，因為她變胖了，再也瘦不下來。

「唉，如果不生小孩，說不定我現在是個偉大的生物學家呢。」媽媽明明遇到任何昆蟲都會尖叫，還能做出這種結論，她應該當夢想家才對。

下午張志明到我家寫功課時，一進門便以誇張語氣說：「我一大早被驚嚇到差點兒吃不下早餐。」

據他說，早上他跟爸爸去擺攤賣水果時，有個阿姨問：「這是你小孩？」正當張志明想表現出「乖巧協助家族事業」的模範兒童模樣時，那位阿姨卻對張爸爸說：「生小孩不是為了讓他來幫忙做事，要讓他快樂成長啊。」

雖然張志明認為跟著爸爸賣水果很快樂，因為可以邊賣邊吃，還可以觀察市場上來來去去的人，不過，那位阿姨說的話，顯然讓張爸爸嚇一跳，連忙說：「是他吵著要跟我來的。」這也是事實，因為如果張志明待在家，張媽媽就會逼他寫功課。

阿姨對張志明說：「幸好你不是我的小孩，因為我就是選擇不生小孩，比較自由。」臨走前還為張爸爸與張志明上了一課：「今天是國際無小孩日，簡稱無子日。」

張志明說他和爸爸討論很久，還是搞不懂阿姨那句「自由」的話是什麼意思。張志明不但想了大半天，還找錯錢給客人。最後張爸爸很生氣的說：「今天不是無子日，應該是無腦日才對吧。」

媽媽聽了張志明的解說，問我們兩個「很幸運」被生下來的小孩：「你們知道為什麼要有這個節日嗎？」

其實我好像有點懂，因為我想起一件事：去年回爸爸老家與全家族聚餐時，姑姑被一堆人圍著問：「都結婚十年了，怎麼還不生小孩？」

有位鄰居老奶奶還說：「現在年輕人真自私，只想貪圖自己的快活。」

「我保證你老的時候會後悔。」鄰家的老爺爺也恐嚇姑姑。

姑姑卻嘻皮笑臉的回他們：「您的家族子孫滿堂，我家的子孫稀稀少少，這樣人口才平衡啊。」

爸爸也趕快替姑姑說話：「我妹妹從事研究工作，還好沒小孩，否則一定整天託我照顧，當免費保母。」

現在回想起來，家族聚餐那天，姑姑的臉其實看起來有點難過呢。我也曾經聽爸媽小聲討論過，姑姑已經看過多次醫生，還是無法懷孕。

我告訴媽媽我的想法：「有些人愛當父母，有些不想當父母，應該讓當事人自己決定。還有些是無法當父母，也該讓他們心安理得。」

媽媽說「心安理得」這句成語用得有點奇怪，不過她也點點頭，贊同我的意見。她還說：「我曾看過一本書，叫做《有名，但沒有小孩》，書中統計，光是諾貝爾獎得主至少就有四十個人沒有小孩。」

這不就表示，除了那四十個人以外的得主，都有小孩？

可是媽媽說，重點不在人是有名還是默默無名，有小孩還是沒有小孩；重點應該是：人人都有選擇的自由，別人不該強迫他人。

張志明默默的吃完三碗綠豆湯後，終於也開口了：「還是有小孩比較好，否則就沒有小孩跟您說：『您煮的綠豆湯是世界冠軍！』」

—張君偉的節日心得報告—

張志明問我，將來想不想要有小孩？我告訴他：「如果像楊大宏就不錯，像你就……」

楊大宏心懷感恩補充

「國際無子日」其實也可說是「國際非父母日」，因為沒有孩子的人就不能稱為父母；發起這個節日的，是 1972 年在美國成立的「全國非父母組織」（後來改名為「全國選擇性父母組織」），這些人主張：人應該有選擇「想不想成為父母」的自由。

「國際無子日」官網：

https://internationalchildfreeday.com/

過完七、八月的暑假，我們就要升上五年級了。

八月底開學前一天，張志明跑到我家來，表面上是研究功課，其實是想打聽我的暑假作業完成了多少？

一向是我忠實朋友兼人生顧問的張志明一副先知模樣，對我開導：「根本就不必寫暑假作業啊，因為五年級會重新編班，還會換老師，新老師根本不知道江老師指定什麼作業。」他咧嘴一笑說：「還好我夠聰明，有想到這一點。」

我只好回答：「可是江老師根本沒有指定暑假作業啊，你忘啦？她只叮嚀我們，多看課外書、多運動，幫忙做家事。」

「什麼！」他瞪大眼睛，「害我緊張的跑來你家，想跟你借暑假作業回家抄呢。」他指著自己溼淋淋的頭髮說：「而且還是在風雨這麼大的時候跑來。」

今天因為有颱風暴風圈接近，一早就風大雨強。我指著正在播報的電視新聞，問張志明：「你猜，明天會不會放颱風假？」

「一定會！」他興奮的預告，「我們都沒放過颱風假呢，真不公平。」

媽媽聽了，一臉不高興的提醒我們：「颱風會讓某些地區造成災害，怎麼可以期待颱風來呢？況且，開學第一天就放颱風假，感覺很不吉利。」

張志明啟動「甜嘴模式」，言不由衷的說：「張媽媽請放心，我有在心中默默祈禱，颱風千萬不要來。就算來了，新聞上說學校放假，我也會帶著君偉，風雨無阻的趕到校門口，確定真的有放假才回家。」

媽媽聽了這番謊話，搖頭苦笑：「這倒不必，江老師的暑假作業又不是請你寫勵志作文。」

張志明不斷的叮嚀我務必保持信心，相信颱風一定會登陸，他還說：「我們要盯緊電視快報，市長一公布明天放假，就開始慶祝。」

慶祝方式就是我們分別在家吃一碗泡麵，再喝一瓶汽水。

張志明還提供一段餘興節目，模仿電視廣告說：「吃泡麵還要配好吃的罐頭，脆脆的花瓜或甜甜的紅燒鰻魚都適合。」

張志明真的好懂得如何應付颱風啊。

趁著窗外風雨變小，我們邀媽媽出門採購民生用品。媽媽想起正巧也需要添購衛生紙，於是帶著我們到賣場逛逛。沒想到一進賣場，就遇見楊大宏，他也跟著家人來買東西。

楊大宏推推眼鏡說：「你們該不會以為明天會放颱風假，所以來買泡麵與罐頭吧？」

張志明強力否認，還把媽媽的話搬出來：「我們才不會那麼幼稚與沒良心呢。颱風如果登陸，會造成災害，有些地方會淹水，很可憐。」他還加強語氣說：「颱風千萬不要來，明天是開學日，放颱風假很不吉利。」

楊大宏卻說：「大自然對地球的反撲，是人類無法抗拒的。如果明天放颱風假，也沒辦法。」說完，他就走到泡麵區去選購了。

回家後，風雨開始增強，張志明說他要趕快回家準備手電

筒，萬一停電，至少有手電筒的光可以和妹妹玩影子遊戲，或玩鬼抓人。他還保證如果真的放假，他明天也會風雨無阻的來我家，保護我的安全。

我想他應該是來我家玩恐龍桌遊吧，這是最近很吸引我們的紙上遊戲，才不是真的要來保護我的安全呢！

直到晚上，我還是不放心的隨時收看颱風特報。根據氣象局表示，這個颱風目前強度正在減弱，而且有轉向的趨勢，請民眾不必過於擔心。

張志明打電話跟我說：「我已經訂好鬧鐘，明天一大早會準時起床看新聞。如果放假，我會立刻打電話向你報喜。」

到底希不希望放颱風假呢？其實我很矛盾，一方面期待能放假在家休息，另一方面又不想看到颱風災情。

結果，就在五年級開學日這一天，張志明不但準時到校，還比平時提早不少。他看見我，一直搖頭嘆氣：「颱風很壞，竟然轉向了。」

不過，他又高興的說：「開學日沒有放颱風假，很吉利！我確定，等一下重新編班時，一定不會被編入暴龍老師的班。哈哈，謝謝颱風保佑我。」

—張君偉的節日心得報告—

楊大宏說我們期待颱風假的原因，是因為這個假是「天上掉下來」的，本來行事曆上沒有，而是上天贈送的「意外假期」，所以小孩才會開心。不知道那些沒有颱風的地方，小孩最期待放的是什麼意外假期？

颱風天要不要放假，目前沒有統一規定，而是由各地方政府自己決定。其實颱風假正式的名稱應該是「災防假」。有人做過統計，全臺灣最常放災防假的縣市是屏東縣，從 2008 年到 2018 年為止，10 年間共放了 27 天颱風假。

命運悲慘的我和張志明、楊大宏與陳玟都被編入暴龍老師的班。

今天是升上五年級後遇到的第一個節日：教師節，不過，很不幸的，這天並沒有放假。張志明氣憤的說：「教師節竟然沒有放假，對老師很不敬。」身為他多年的好友，我當然知道他的本意是：「教師節學生竟然還要來學校上課！」

暴龍老師說：「教師節是為了感謝教師為教學付出奉獻；但是，因為是奉獻，所以老師不必放假，才能『繼續奉獻』。」

說完像繞口令的這句話，暴龍老師很嚴肅的看著全班，於是，張志明準備打抱不平的那句：「為何沒放假？」就不敢說出口了。

倒是班長陳玟依然充滿正義感的舉手說：「教師節這一天，老師沒放假，真是天理難容。」

張志明一向習慣反駁陳玟，居然立刻轉變立場：「四月四日貓咪節時，貓咪有放假嗎？恐龍節那一天，恐龍有放假嗎？聖誕節那一天，聖誕老公公有放假嗎？」

陳玟很生氣：「你的比喻不倫不類。」

楊大宏糾正：「而且恐龍已經在六千六百萬年前滅絕了，不用放假。」

但是張志明繼續說：「真的有貓咪節喔，我叔叔在賣貓砂，那一天有打折。」張志明很努力的在教師節這一天「教導」大家。

不過暴龍老師很難得的笑出來：「陳玟，天理難容這句成語使用的時機不妥。不管哪一天，我都很榮幸能夠教到大家。」他轉頭問張志明：「不過，你知道教師節是為了紀念誰嗎？」

最愛讀百科全書的楊大宏立刻舉手搶答：「至聖先師孔子。」

「是的。」老師點頭，「孔子是十分偉大的老師，所以被譽為至聖，意思是古代教育界的冠軍老師。」

楊大宏又再度舉手搶答：

「我知道古代教師界的亞軍是誰！是孟子。」

張志明也不甘示弱：

「我知道本班的搶答冠軍是誰！是楊子。」

陳玟忘了舉手，大聲接話：「我知道本班的無聊冠軍是誰！是張子。」

張志明還有答案：「我知道本班告狀大王是誰！是李子。」

說完，還看李佩佩一眼。

李佩佩也回張志明一個大白眼，哼的一聲：「我只知道本班有隻大蚊子、大蟲子。」

我也舉手：「我知道教師界第三名是包老師以及江美美老師。」

暴龍老師聽了好像有點不好意思，連忙轉移話題：「你們總該知道，孔子、孟子都不是他們的本名吧。比如，孔子姓孔，名字是丘，所以孔子的本名是孔丘。」

老師問：「有人知道教師界的亞軍，亞聖孟子名叫什麼嗎？」

全班一起回答：「孟丘。」

「不對不對。」暴龍老師連連搖頭，「孟子不叫孟丘，不過，我知道他叫什麼名字。你們猜，為什麼我會知道？」

張志明立刻回答：「因為您是他的後代。」

陳玟瞪張志明一眼，大聲指出錯誤：「孟子的後代會姓包嗎？」

李佩佩說：「因為他有給你名片。」

范彬則猜是：「因為他有邀請您去他家玩。」

「孟子是兩千多年前的古人耶，又不是我鄰居。」老師又笑了。

楊大宏忍了很久，終於為大家揭曉：「孟子，名軻。」

老師提醒我們：「為了對這些古人表示敬意，所以後世的人不直接說他們的名字，而是以『子』來尊稱，要唸第三聲。除了孔子、孟子，你們可能也聽過莊子、老子。所以，你們可以尊稱四年級時的江美美老師是江子。」

「哇，那姓馬的便是馬子，姓胡的就是胡子，姓杜的叫杜子……」全班笑成一團。張志明也有大發現：「老師您姓包，所以是……，我不敢講。」

——張君偉的節日心得報告——

有老師教導我們知識，真的很重要。張志明問我：「那你將來想當老師嗎？」我可不要。

楊大宏尊師重道補充

每個國家的教師節日期並不同：聯合國教科文組織 1994 年發起每年 10 月 5 日是世界教師日，美國的教師節在五月的第一個完整週次（從星期日開始）的星期二，巴西則是 10 月 15 日。臺灣則訂在 9 月 28 日，是紀念春秋時代魯國的教育家孔子，以他的生日為教師節，不過孔子誕辰是否真的在這一天，尚有爭議。

在 9 月 28 日這一天，各地孔廟會舉行隆重的儀式，例如會請學生表演六佾舞或八佾舞，民眾也會搶拔祭典上牛的智慧毛。

上國語課時，張志明對課文很不滿，提出質疑：「為什麼注音符號一直變來變去，害我功課退步？」

這一點全班都有同感，像是牛仔褲的讀音，從「牛ㄗˇㄞ褲」改成「牛ㄗˇ褲」，後來又改回「牛ㄗˇㄞ褲」，很難記。

連暴龍老師說：「我有時也會忘了最新的國字讀音呢。」

不過，陳玟立刻提出質疑：「張志明功課退步，理由是不夠用功，是他自掘墳墓，跟牛仔褲一點關係也沒有。」

「班長你口出惡言。」張志明太生氣了，居然也使用成語反駁。

張志明主張：「要是世界上沒有注音符號就好了，至少不要考注音符號。」但是，暴龍老師認為注音符號還是有它的功能，有存在的必要性。

可能是為了安撫張志明的怒氣，也為了全班的語文能力，老師還破天荒的提議：「不如我們來玩個注音符號遊戲吧。」

遊戲方法是：大家輪流說一個

字，座號一號的同學說的字，必須以ㄅ當開頭，二號以ㄆ開頭，依此類推，比如「爸、爬、馬、肥。」然後，每說完四個字，就請全班以這四個字，造出一個句子。例如：「爸爸想爬到馬上，可惜太肥胖，失敗了。」

張志明大叫：「不要再考我注音符號啦！」而且，他說這個造句對爸爸不公平，因為在他們家，媽媽比較胖。

暴龍老師失望的說：「難得我想帶大家玩遊戲，張志明卻不捧場。」

楊大宏趁機補充：「老師，您這個遊戲點子很不錯，很像一本美國的小說，作者也在玩瘋狂的文字遊戲。」

這本名為《字母表非洲》的小說，第一章內的每個字，全以英文字母Ａ當開頭；第二章則加入字母Ｂ，所有文字都以Ａ與Ｂ當開頭；依此方式，第三章再加入Ｃ；直到第二十六章是加入Z開頭文字，這一個章節終於可以使用全部二十六個英文字母為開頭的文字。

楊大宏介紹的這本書，真的很瘋狂啊！他還說：「正好今天是瘋帽日，為大家推薦瘋狂的書是應該的。」

老師聽完眼睛一亮：「真的嗎？那我應該好好為大家解說一下瘋帽的由來。」原來，暴龍老師童年時最喜愛的書，就是《愛麗絲漫遊奇境》。書中有個角色叫做瘋帽客，說的話總是瘋瘋癲癲的，他還對女主角愛麗絲說：「我們都很瘋狂，不然你就不會在這裡了。」

個性浪漫的范彬一聽完，馬上照樣造句：「我們都

很幸運，不然就不會在這裡了。」

「我們都很可愛，不然就不會在這裡了。」這是陳玟造的句子。

張志明沒有照樣造句，反而小聲對我說：「很難想像暴龍老師也有可愛的小時候。」

「瘋帽日可能就是在讓我們想想：或多或少，我們有時也會有點瘋狂和傻氣吧。」暴龍老師為了讓大家感受一下瘋帽客的瘋狂氣氛，要大家聊聊自己做過什麼瘋狂的事。

范彬說：「不論早上多餓，我都會一直挨餓到中午才吃便當。」

老師笑著說：「這是忍耐，並不瘋狂。」眼看大家說出來的事都不瘋狂，他乾脆以自己為例，說出自己小時候曾經多麼瘋狂：「我看到昆蟲不但不會尖叫，還吃過油炸蟋蟀。」

全班聽完都尖叫起來。

暴龍老師看了一下大家，繼續解說：「不過，瘋帽日這一天，可能也在提醒我們，有些看起來很瘋狂的人，其實背後也許有苦衷。比如英文的『瘋帽』這個詞，源自十八世紀末到十九世紀初的英國，當時製帽工人在不通風的工廠，因為吸入過多含汞空氣，所以會不自主的發抖、動作不協調、說話模糊、記憶力減退等，看似瘋瘋癲癲的，其實是生病，通稱為瘋帽匠症狀。」

哇！沒想到看似應該和瘋狂連結的瘋帽日，也有值得同情的一面。

陳玟彷彿懂了什麼，她看著張志明說：「好吧，我今天一定好好的同情你。」

張志明回她：「我也是。」

—張君偉的節日心得報告—

我做過最瘋狂的事，應該是立志成為漫畫家。不過，張志明應該比我更瘋狂，因為他說將來有點想當老師！

楊大宏不瘋狂的補充

瘋帽日（Mad Hatter Day）訂在10月6日的原因，是因為在初版的《愛麗絲漫遊奇境》中，插畫家丹尼爾在瘋帽客的帽子上寫著「In This Style 10/6」，意思是「此款帽子，定價十先令六便士」。之後有人便以這兩個數字，發起了「瘋帽日」。

這本童話中的瘋帽客，最常被引用的話是「我們都很瘋狂。」而1974年出版的《字母表非洲》（Alphabetical Africa）這本書，第一章內容是：「Ages ago, Alex, Allen and Alva arrived at......」第二章開頭是：「Before African adjournment, Alex, ...」

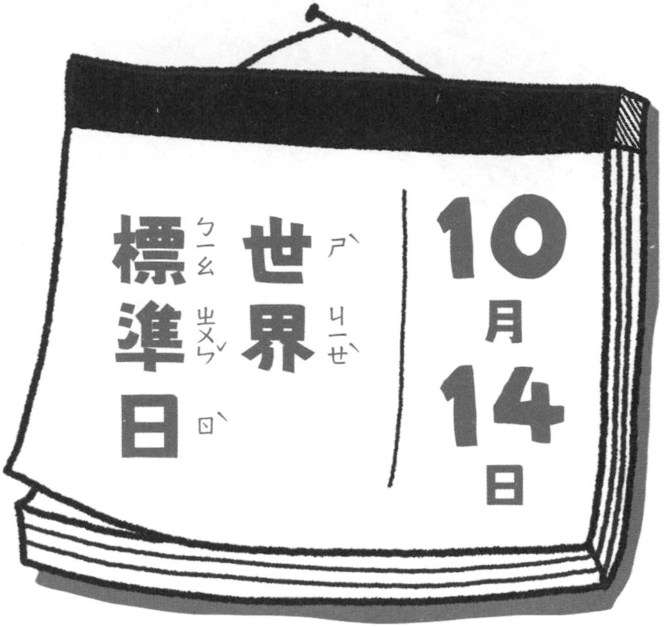

楊大宏不但是我們五年一班的副班長，也是本班的「百科小王子」，有任何問題，大家第一時間就想請教他。今天，他又得到一個最新的封號：「安全大使」。

起因是，今天早上全班討論「如果將來舉辦園遊會，是否

租用充氣式遊樂器材」，楊大宏立刻向暴龍老師報告：「如果要租借器材的話，必須看看有無合乎經濟部標準檢驗局的『充氣式遊戲設備』國家標準。」

楊大宏還推了推眼鏡，像個專家一樣，開始詳細說明這項標準是經濟部參考ISO國際標準組織來訂定。

暴龍老師眼睛一亮，立刻讚賞他：「謝謝本班的『安全大使』，第一時間就為大家的生命安全把關。的確，所有的遊戲器材必須符合規定的標準。」

楊大宏正想繼續解釋什麼是ISO，才開口說到「針對各種產品的材料、設計和使用規範有審查的標準……」時，張志明一臉不耐煩的說：「充氣式遊樂器材太幼稚了，我建議煮綠豆湯來賣。」

但是老師認為討論「標準」很有意義，而且，就算煮綠豆湯，也有一套標準程序，萬一不符合，可能煮一百遍都不會成功喔。

暴龍老師指著自己的手機說：「手機品牌那麼多，如果沒有統一各項零件的標準，或是內部運作的設計程式也沒有標準的話，一定會天下大亂。」

老師還說他以前讀書時，學校有中央廚房，連廚房的阿姨都必須遵守如何洗菜的標準流程——先制定標準，再遵守標準，萬事才能成功、有效、安全。

為了讓大家體會「標準」的重要，暴龍老師請大家一起想一想，如果世界上「沒有標準」，可能會帶來什麼災難？

陳玟第一個發言：「如果工人蓋房子沒有遵守標準工法，會蓋得歪歪的。」

「而且會變成鬼屋。」張志明快速的替她補充。

李佩佩說：「如果做蛋糕沒有使用標準的步驟和材料，就會……」

「烤不出蛋糕，那很糟糕。」張志明又繼續補充。

范彬也有例子：「如果我媽媽化妝時沒有按照標準順序的話……」

「就會嚇死人。」張志明最後的補充讓大家哈哈大笑。

老師說：「日常生活中，從語言到生活用具，都必須有一套標準。要不然，我說的話你聽不懂；我做的東西，你不能用。」

張志明也有同感，立刻接話：「老師出的功課，我不會寫。」

很有使命感的陳玟馬上說：「那麼，我們也來制定本班的『標準』吧。」

「這點子不錯。」暴龍老師難得笑著同意我們的提議。他請大家想想，有什麼事值得大家討論出一個標準。

結果陳玟居然提議討論「午睡時的標準姿勢。」

楊大宏想要討論：「寫數學考卷時，計算式的標準寫法，是要對齊試卷的左邊還是右邊？國語考卷的造句標準，必須介於幾個字到幾個字之間。」

范彬關心的是：「下課時間夠吃完一個包子嗎？要不要做實驗証明一下，看看是否符合健康的標準？」

但是暴龍老師覺得這些事，似乎沒有依照標準也沒有關係。而且，他看起來好像有點失望，於是再度說明：「有些事，必須統一標準，否則會帶來失敗，甚至禍害。就像造飛機，當然得使用國際制定的標準材料。不過有些事，不必強求標準。如果什麼東西都整齊劃一，想想也是很可怕！」

老師又多舉一個例子向我們說明：如果有一天，全班每個學生都長得一模一樣，連思想也相同，全都是標準的好孩子，那該多無趣、也多驚悚啊。

「沒錯，應該要像我一樣，就是個『不標準的』好孩子。」

張志明拍拍胸脯，自我讚揚。

——張君偉的節日心得報告——

我認為更重要的是，「由誰來訂定標準？萬一制訂出來的標準，其實不標準怎麼辦？但是張志明卻聳聳肩說：「最好像我一樣，什麼事都沒標準，就沒煩惱。」

楊大宏極度符合標準的補充

1946年10月14日，二十五個國家的代表在英國倫敦，決議成立一個國際組織，以促進全球各領域產業的標準化。隔年成立國際標準化組織（ISO），並於1969年的會議，訂10月14日這一天為「世界標準日」（World Standards Day），以提醒標準化對全球經濟的重大貢獻。此外，與世界標準日相關的還有「世界計量日」。這是源自於1875年5月20日，共有十七個國家共同提出「公約公制」，以解決當時混亂的計量方式。日後便訂定這一天，為「世界計量日」。

國際標準化組織（ISO）的官網：

https://www.iso.org/home.html

「你們知道世界上最長壽的動物是燈塔水母，人口最少的國家是梵蒂岡嗎？」暴龍老師說，許多「世界之最」都登記在「金氏世界紀錄」中，而且11月9日就是金氏世界紀錄日呢。

老師還說了一件令我們覺得不可思議的記錄：「1996年，

臺中曾設立了全亞洲唯一的金氏世界紀錄博物館的分館，可惜現在已經關閉了。」

楊大宏豈會放過這種炫耀知識的機會，他馬上教大家一則金氏世界紀錄：「臺北市立動物園的大象林旺，是世界上被人類圈養的、最長壽的大象，共活了八十六歲。」

暴龍老師也有備而來，說了一則有趣的世界紀錄：「老師的學長告訴過我，二十多年前，新北市

的秀朗國小曾創下一個紀錄：全校二百二十二個班級，是世界上最多班級的小學。」

范彬也難得開口補充說：「之前還有日本人在開演唱會時，挑戰世界最大杯珍珠奶茶金氏世界紀錄成功呢！」

不過，暴龍老師強調，金氏世界紀錄並不只是鼓勵大家追求更多、更快、更大，我們也應該同時追求更正確、更有創意、更有價值的事。

暴龍老師說：「世界紀錄同時也啟發我們的想像力、創造力。想想看，世界上有那麼多人在做各種奇妙的嘗試。」

為了說明想像力與創意的重要，老師於是舉了昨天的作文課為例。

老師昨天訂的題目是：「我的媽媽」。如果按照老師的說法，其實這是一個沒有創意的題目。

暴龍老師好像與我有心電感應，他解釋：「你們可別以為我訂的題目沒有創意，這是為了激發你們的想像力，逼你在老套的題目下，絞盡腦汁，寫出有創意的作文。」

不過，顯然他的苦心白費了。

因為老師嘆著氣說：「沒想到，我翻了翻大家的作文簿，幾乎千篇一律，寫的都是：『我的媽媽每天洗衣煮飯，很辛苦。』」

老師又說：「不如，我們就以締造世界紀錄的精神，一起動腦想想，面對這個陳年舊題目，應該如何突破，將『我的媽媽』寫出新創意？」

范彬馬上有答案：「可以寫我的媽媽一點都不辛苦，每天都享福。」

李佩佩則說：「寫我的媽媽每天都忘了洗衣煮飯，讓全家頭痛。」

張志明也發揮創意：「寫我的爸爸。」

可惜，老師好像不太欣賞大家的創意，又轉移話題，「這樣好了，我們再來想想，如果本班想要在六年級畢業前，共同創造一個輝煌紀錄，你們建議訂下什麼目標？」

這個話題引起全班高度的興致。

楊大宏主張：「我們全班來背整本百科全書好了。我可以為大家計算，一天該背幾則？」

沒想到暴龍老師反對：「死背知識不太好，要懂得靈活運用。」

班長陳玟也舉手：「我的建議很簡單，全班在六年級結束、畢業典禮前得到三十張班級競賽獎狀。目前已經獲得五張，有路隊比賽、體操比賽、整潔比賽等。我個人也會努力為班級爭光，下週的查字典比賽，應該也能再獲得一張獎狀。」

張志明搖頭：「這個目標沒有創意。」他還說：「如果改成『一張獎狀都沒有』，而且一直到畢業都這樣，比較有創意。」

陳玟立刻皺起眉頭：「幸好我畢業時，一定會與你分離、永不相見。」

張志明看著我，開心的說：「我從一年級起就與張君偉是同班同學，直到國小畢業都還就讀同一班，這也是一項紀錄。」他還拍拍我的肩說：「我們可以說是『永浴愛河』。」

陳玟受不了了，大吼說：「張志明，我看你是『亂用成語的世界冠軍』，我們去幫你申請這項金氏世界紀錄認證好了。」

——張君偉的節日心得報告——

有些人追求世界第一、破紀錄的決心，很令人敬佩；如果是我，絕對做不到。不過我媽媽很有潛力，說不定會得到「說『快一點』世界冠軍」，因為這句話她每天至少會說一百次吧。

「金氏世界紀錄」是 1951 年時英國一位爵士與人爭論哪種鳥飛得最快，卻沒有答案，於是促使他想出版一本收集與記載「世界之最」的書。從 1955 年第一本書出版，此後每年都有新的更新紀錄。後來，金氏出版公司將 11 月 9 日訂為「國際金氏世界紀錄日」（International Guinness World Records Day），希望鼓勵人們打破世界紀錄。臺灣也曾創下不少「金氏世界紀錄」，像是李安導演的電影《臥虎藏龍》，獲得屆奧斯卡獎十項提名，是奧斯卡外語片最多入圍提名的電影。

金氏世界紀錄官網：

http://www.guinnessworldrecords.com/

上週暴龍老師先請大家利用一個星期時間，收集名人的寫作祕方，因為今天是「我愛寫作日」，我們可以在上課時討論這些「祕笈」，以增進全班的寫作功力。

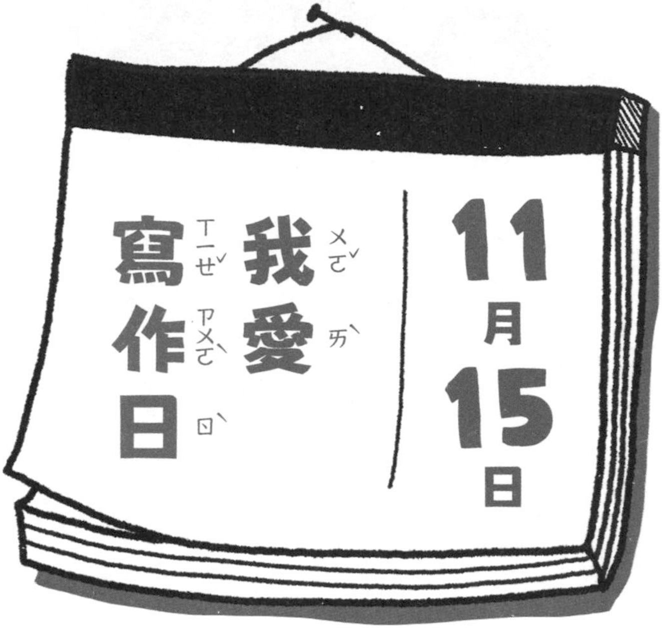

今天第一節課時，依照老師的計畫，大家打開國語練習簿，輪流發表自己的收集成績。

陳玟收集到的，是俄國小說家托爾斯泰的寫作名言：「寫作要修改，改三遍或四遍都不夠。」

我覺得這句話一點都不偉大啊。

但是暴龍老師卻一直點頭說：「你們看，連寫出世界名著《戰爭與和平》的偉大作家，都要修改好幾遍，這就是對寫作的負責態度。」

張志明馬上自我表揚：「我也是耶，我一篇作業也是改了無數次。」

陳玟瞪他一眼：「那是因為你寫太多錯字，需要訂正。」

楊大宏找到的寫作名言，也是一位俄國的小說作家——屠格涅夫，他說：「要多閱讀與不斷的學習，注意觀察周遭的一切。」

看來我上輩子應該不是俄國人，因為我覺得這句寫作名言和前一位的一樣，也是廢話。

不過，暴龍老師卻還是贊同這個說法，還一直點頭說：「沒錯，最優秀的寫作，往往來自生活中的細心觀察。有觀察，寫的東西才真實，有真實就會感動人。」

為了示範，老師要我們開始練習細心觀察周遭環境，培養敏銳的觀察力。他說：「請大家看看四周，覺得有什麼值得寫？」

張志明第一個舉手，不過那是因為他忘了帶便當，得去打電話。

暴龍老師不高興的

說：「下課再去。」

張志明又舉手：「我觀察到老師說這句話時，很不高興。」

陳玟連連搖頭，連李佩佩也嘆氣說：「我觀察到本班有個惹事大王。」

但是暴龍老師沒有放棄教導我們寫作的苦心，他準備了一個好法子：「我們來集體創作，練習接龍寫故事。」他還說：「我愛寫作日，最重要的是讓大家明白，寫作是一種自由，可以自由表達心中想法。我們都應該要愛上這種自由、珍惜

這種自由。」

可惜張志明他不太想寫作，竟然反問老師：「那有沒有不寫的自由？」

老師居然很慈祥的說：「沒關係，不想寫也可以；你在一旁聽就好。」

接龍遊戲開始。老師先說出第一句：「在一座黑漆漆的森林裡……」

遊戲規則很簡單，依照座位順序，也必須依數字順序，輪流說出接下來的故事。

第一個人接了：「在一座黑漆漆的森林裡，有兩個白人，」

接下來范彬接：「在三塊石頭上休息。」

「不可能！」不想參加寫作的張志明忽然大叫，「兩個白人怎麼坐在三塊石頭上，難道還有一個鬼？」

陳玟說：「難道不能寫成鬼故事？」張志明只好閉嘴，繼續聽下去。

「在一座黑漆漆的森林裡，有兩個白人，在三塊石頭上休息。忽然來了四隻狗，汪汪叫了五聲……」

「不對！」不想參加寫作的張志明又大叫，「汪汪只有兩聲才對。」

陳玟也大叫：「你很煩耶。」然後，她一口氣把這篇數字接龍故事說完：「後來又有六個公主，

在七棵樹下，吃掉八顆毒蘋果，吐了九次，加上那兩個白人與鬼、貪吃的張志明，最後十個人一起中毒。」

一到十的故事講完了。老師問：「你們認為這篇文章寫得如何？」

范彬說：「一到十都有數到，很完整。」

楊大宏說：「總人數加起來很正確，有科學精神。」

張志明說：「為何要寫我？」

「因為我有細心觀察，我觀察到你很貪吃。」陳玟說出她的寫作祕笈。

暴龍老師決定放棄這次的寫作練習，要大家繼續發表收集到的創作要點。

范彬寫的是：「寫作要有耐心。」他說這是范媽媽提供的。

老師十分讚許，點點頭：「很好。向家人請教，也會得到很有價值的經驗談。」

張志明連忙舉手：「老師，我也有問我媽媽。她也有提供我寫作祕方。」

張志明家的寫作祕訣只有三個字：「自己想。」

—張君偉的節日心得報告—

每次上作文課時，全班多數同學都哀嘆連連，我也是。不過至少比張志明好，他連作文題目都看錯，三年級時，他把〈我的媽媽〉寫成〈我的娃娃〉，上星期又把〈我的王國〉寫成〈我的玉園〉，全篇作文只有一句：「我家樓下是玉園小吃店。」

楊大宏的細心補充

我愛寫作日（I Love to Write Day）是2002年由美國作家約翰．里德爾（John Riddle）發起，目前在美國有將近三萬所學校響應。

今天雖然是聖誕節，但是沒有放假，正當暴龍老師想要解釋原因時，張志明卻搶先開口：

「因為聖誕節是假的，世界上並沒有聖誕老人。」

陳玟說：「你怎麼知道？」

張志明的理由是：「你有見過聖誕老人嗎？」

楊大宏替陳玟接話：「你沒見過，不代表沒有。比如我們

都沒見過愛因斯坦與愛迪生，但是全世界都知道他們是真實存在的人，一個是科學家，一個是發明家。」

范彬也接話：「還有他們都姓『愛』。」

「他們才不姓『愛』！」陳玟很不高興被搶走話題，「而且，就算說有見過，也不代表是真的存在，譬如有人說他見鬼了，並不代表真的有鬼。」

於是全班開始大吵：「誰是鬼，誰曾經見鬼了……」

一下子，全班吵鬧的程度彷彿像是個拍賣場，逼得暴龍老師只好大喊：「停！再吵，下午的交換禮物活動就停止舉行。」

這是上星期班會時，全班共同的決議。在班長陳玟的努力說服下，以多數票通過「聖誕節舉行交換禮物活動，讓大家體會感恩的重要。」

陳玟說服大家的方式很簡單，她說：「我準備的禮物十分珍貴，保證到時候大家都搶著要。有誰想要？」

於是全班都舉手通過，只有張志明與范彬沒舉手。

張志明說：「班長的禮物一定有詭計，說不定是一本她用過的《成語辭典》。」他還很難得的使用一句成語結尾：「禮多必詐。」

范彬則苦惱的說：「萬一我收到的禮物不能吃，那該怎麼辦？」

但是暴龍老師訂定的規則是：「準備的禮物不可超過五十元，如果能夠自己手做更好，比如說，可以準備自己拍的照片、自己畫的卡片。」

范彬十分開心：「太好了，我要自己畫，這樣比較省錢。」我馬上暗自祈禱，希望不要抽到范彬的禮物，因為他在美勞課時，為了節省，只用三枝彩色筆著色，不管畫什麼，臉都是黑的。

暴龍老師設計的交換禮物活動很有趣，他要每個人將自己準備的禮物包裝好，放在教室後的櫃子上，等到下午再來抽籤。於是，大家利用下課時間，在那一排禮物前好奇的猜測裡頭可能的內容物。

張志明指著陳玟那個包得密密實實的禮物，搖頭說：「君偉你看，這麼小，一定是個小氣的禮物。」然後他

又指著自己的禮物說：「送禮就要像我一樣，準備好大一包，這樣才有誠意。」

依我對張志明的了解，他的誠意也可能代表隨意。因為我生日時，他很有誠意的送我一個大禮：一個特大號的手提袋——不但底部已經破掉，無法裝任何東西，還有怪怪的味道。他滿臉誠意的說：「這是我阿嬤從資源回收場拿回來的，你看，上面印著一隻恐龍，而且是你最愛的三角龍。」

媽媽看見這個禮物，還笑著說：「張志明很懂你的愛好呢。」

緊張的交換禮物活動開始了，首先，由陳玟開場：「各位同學，聖誕節這一天，就是提醒我們要記得人間有愛，處處有溫暖。」然後，她下達命令：「等一下不管你抽到什麼，都不可以唾棄或是露出不屑的表情。要記得聖誕節的本意就是要心存感恩。」

接著，我們依座號開始輪流抽籤，為了增加神祕感和刺激感，老師還規定：「回家後才能拆開。」

我很幸運的沒有抽到張志明與范彬的禮物，陳玟很幸運的抽到暴龍老師的，楊大宏則像是中了頭獎般——他幸運的抽到陳玟的。

至於暴龍老師，則很不幸抽到張志明的。

回家路上，陳玟自己忍不住揭曉：「我的禮物有依老師規定，只有十元，不過，是美金十元。」張志明瞪她一眼，小聲抱怨：「果然有詭計。」

然後，他也忍不住揭曉自己準備的禮物——那個老師回家才會拆開的禮物。

他滿臉誠意的說：「我包了三十包面紙。去年選舉時，我很努力的到處向候選人收集呢。」最後他還笑著說：「所以老師可以用很久。」

——張君偉的節日心得報告——

聖誕節並沒有放假，但是大街小巷都在賣聖誕節的相關商品。我跟張志明都認為：如果有節日的「富豪排行榜」，聖誕節一定是冠軍，因為它可以賺最多錢。不過，什麼節最窮呢？我們卻想不出來。

楊大宏的感恩補充

聖誕節是基督教紀念耶穌降生的節日，因為歡樂、團圓的氣氛，所以成為世界普及的慶祝節日。大家會在這天送禮表達感恩之意。這是模仿西元四世紀時，一位聖尼古拉斯主教送禮給人的善意習俗。

後來漸漸衍生為普世皆知的節日，不少文學與藝術作品，都以這個節日為主題或當作背景來創作，像是英國作家狄更斯寫的《小氣財神》或是安徒生《賣火柴的小女孩》，故事背景都在大雪紛飛的寒冷聖誕節。

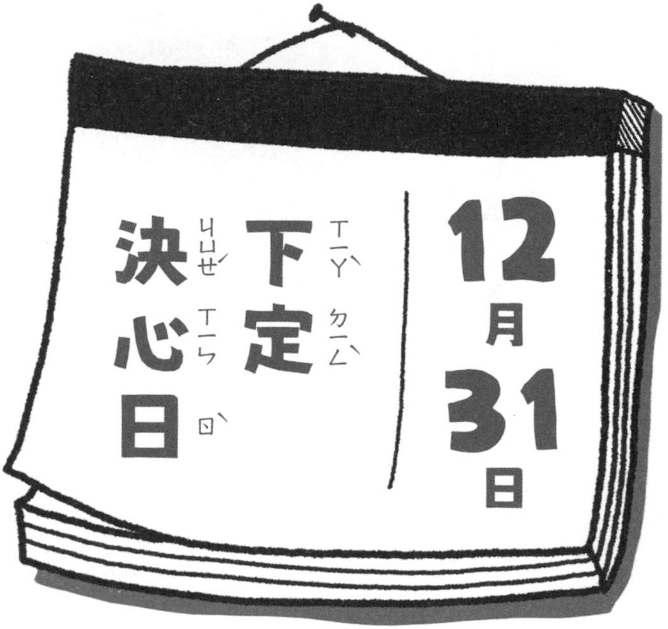

明天就是元旦放假日了，暴龍老師翻翻他的行事曆，對我們說：「昨天我統計了一下，目前為止，本班只得到五張獎狀，而且還被學務處記了五次缺點。」老師神情哀痛的嘆了一口氣。

班長陳玟也滿臉哀傷，跟著大大的嘆了一口氣說：「竟然只有五張獎狀，其中一張還是海報比賽佳作。要不是張君偉很會亂畫，不然還可能少一張呢。」

我正想抗議：亂畫能得獎嗎？不過看在暴龍老師滿臉傷心

的樣子，就忍下來，也慢慢的嘆了一口氣。

「我們應該發憤圖強，我發誓明年一定要搶到十張獎狀！」陳玟的語氣十分悲痛，有點沙啞。

老師卻制止陳玟：「我不是為了獎狀少而難過。我難過的是，又一年結束，比對了我年初的計畫目標，發現沒有一項完成。」

李佩佩安慰老師：「我也沒有。我本來答應媽媽，今年要讀完十本

小說，但根據我的星座，沒有耐性的我其實不適合讀小說啊。」

范彬也表示：「老師別難過。我每年都立志減肥，卻愈來愈肥，還不是活得很好。」

楊大宏以科學家精神，反問老師：「您訂的年初目標是什麼？我們可以幫您想想如何在明年反敗為勝？」

老師往前翻到第一頁，唸出來：「計畫一：每學期帶領全班背完十首詩。

計畫二是：每一週至少帶全班跑操場一圈。

計畫三比較困難：張志明能天天準時交作業。」

陳玟又嘆氣了：「老師您何苦跟自己過不去？有些人，不值得您寫在筆記本第一頁啊。」

張志明大聲問：「不然要寫在哪一頁？」

暴龍老師看著張志明，語氣十分沉重：「老師相信你做得到，你只是沒有下定決心。對不對？」

楊大宏說：「今天恰好就是下定決心日。」他向老師提議，不如今天大家都來發毒誓，如果明年做不到，就會有悲慘的下場。

「不必發毒誓，聽起來很不人道。」老師接著問大家：「大家想一想，如果讓你選一個目標，你想在明年下定決心完成什麼呢？」

「老師，您先說。」李佩佩這句話，獲得全班掌聲。我們都很好奇暴龍老師的願望是什麼？

結果老師的目標很奇怪，他希望明年能下定決心，學會烤蛋糕，可以親手為喜歡的人製作一道甜點。

我們聽了都哇哇大叫：「好感人！我要吃！」張志明卻叫著：「老師，你不要把鹽當做糖喔。」

接下來，老師指定我第一個回答。我想了想後說：「我明年要下定決心，每週寫一篇日記，還要加上插圖。」

陳玟是：「我從此刻起，下定決心不再對為非作歹的人，心存仁慈、婦人之仁、放虎歸山。」

楊大宏的決心一如往常：明年持續閱讀與背誦百科全書。

范彬想要下定決心存錢，不再中途後悔，把錢拿出來買剛出爐的麵包或肉包。

李佩佩則是下定決心，不管星座書上怎麼說，她都要去學太極拳。

張志明不負眾望，也說出他下定決心不讓老師失望，明年保證一定準時交作業。他並提出具體方法：「我很需要老師幫助。如果老師能少出一點作業，必定成功。」最後，他笑咪咪的說：「老師，團結力量大，我們兩個要團結啊。」

—張君偉的節日心得報告—

我常常想東想西，下不了決心；張志明卻說，有些事可以下定決心，有些事最好不要。我問他：「哪些事不適合下定決心？」他說：「萬一我下定決心每次考試都滿分，老師會覺得上班很無趣、人生很無聊。」

楊大宏下定決心補充

下定決心日（Make Up Your Mind Day）雖然不是公訂節日，但許多人認為在一年之末，的確很適合回想過去、計畫未來。最早提出這項節日的人，原本是為了鼓勵那些優柔寡斷、猶豫不決的人，在歲末時，練習讓自己能果斷下決心，所以常有人在這一天，在社群網頁貼文提供方法讓人練習呢。比如：進餐廳入座後，能在限定時間內，點好菜，而不是想了大半天還無法選擇。

附錄

君偉收集的世界節日簡表

＊「聯」：由聯合國訂定。

＊未註明則為非公訂，而是由民間發起；或是由一國發起，然後多國響應。

日期	重要節日	臺灣重要節日
1月1日	Z日、世界和平日（聯）、全球家庭日（聯）	中華民國開國紀念日
1月10日	特殊人物節（美國）	
1月16日	無所事事日	
1月22日	回答貓咪日	
1月23日		自由日
2月1日	世界朗讀日（World Read Aloud Day）	
2月9日	浴缸讀書日	
2月12日	達爾文節	

2月14日	情人節、圖書館愛好者日、國際送書日（International Book Giving Day）	
2月21日	國際母語日（聯）	
2月28日	牙仙日	和平紀念日
3月8日	聯合國婦女權益及國際和平日（聯）	婦女節
3月12日		植樹節、國父逝世紀念日
3月14日	圓周率日	
3月20日	國際快樂日（聯）	
3月21日	世界詩歌日（聯）、世界兒歌日	
3月25日	閱讀托爾金日	美術節
3月29日		青年節

4月1日	愚人節、國際吃書日（International Edible Book Festival）	
4月2日	國際兒童圖書日（International Children’s Book Day）（IBBY）	
4月4日		兒童節
4月5日		清明節
4月中到5月中的某個週六	國際天文日	
4月12日	拋開一切來讀書日（D.E.A.R day）	
4月22日	世界地球日	
4月23日	世界書籍與版權日（聯）	
4月27日	獨立書店日	
5月1日	國際勞動節	勞動節

5月第一個星期日	世界大笑日	
5月的第二個星期日		母親節
5月15日	國際家庭日（聯）	
5月20日	世界計量日	
農曆5月5日		端午節
6月1日	說好話日、國際兒童節（聯）	
6月5日	世界環境日（聯）	
6月12日	世界無童工日（聯）	
6月20日	世界難民日	
7月2日	世界飛碟日	
7月11日	世界人口日（聯）	

8月1日	國際無子日	
8月8日	愛書人日（Book Lovers day）	父親節
8月13日	國際左撇子日	
每年8月的第4個星期日		祖父母節
農曆8月15日		中秋節
9月3日		軍人節
9月8日	國際掃盲日（聯）	
9月21日	國際和平日（聯）	
9月28日		教師節
9月29日	國際咖啡日	
10月1日	國際老人節（聯）	
10月5日	世界教師日（聯）	

10月6日	瘋帽日	
10月10日		中華民國國慶日
10月14日	世界標準日（聯）	
10月24日	聯合國日（聯）	
10月25日		光復節
11月1日	作者節（美國）	
11月9日	金氏世界紀錄日	
11月9日	世界自由日	
11月12日		國父誕辰紀念日
11月15日	我愛寫作日	
12月10日	世界人權日（聯）	
12月25日	聖誕節	行憲紀念日
12月31日	下定決心日	

作者序

王淑芬的創作報告

「君偉上小學」是臺灣第一套專為小學一到六年級而寫的校園故事，出版多年來，我最常被讀者以渴望的眼神發問：「什麼時候會寫君偉上中學？」「王老師，你可以寫到君偉上大學嗎？」我的答覆一律是：「不，我保證不會寫。」因為，我是個興趣廣泛的人，要我不斷重複相同主題，應該會立刻擲筆大嘆：「好無聊。」只是，該如何不無聊、又能滿足讀者渴望呢？

於是，我以君偉原班人馬為主角，但另起爐灶、改寫不同主題的想法，慢慢成形了。第一本就是《君偉的節日報告》。這本書中，除了仍然有同學、師生、親子互動引發的幽默對話，重點則放在「你可能不知道的節日妙談與知識」。

許多年前，收到來年各種新月曆時，一翻開，日期表上被密密麻麻標註著：母親節、祖父母節……；光是三月就有：兵役節、童子軍節、婦女節、植樹節、國醫節、郵政節、氣象節、美術節、廣播節、青年節、出版節等。我瞪大眼睛想：如果加上世界各國的節日，會不會每一天都是「節」啊？再轉念一想：「所以，會不會有人乾脆發起：這一天，拜託什麼節都沒有，清靜一下可以嗎？」

豈料，我一查詢——有了！1月16日就是「沒有節」。世界真奇妙，對不對？

我以為自己「獨特的奇思妙想」，其實早已有別人想過，而且每一則妙想，背後都有感動人或很有道理的緣起。因此，我開始收集世界上五花八門、多數人可能不熟知的節日，再從中挑選小朋友比較有興趣的，讓這些節慶典故、節日資訊走進君偉教室中和家裡，陪所有讀者在書頁上歡樂度過每一天。收集過程中，若是取材來自網路，我會小心使用，必須確定來源可靠，最好是官方網站記載的才正確。像是「金氏世界紀錄日」原本我在網路搜尋時，日期不一，連金氏世界紀錄官網也沒有特別指明是哪一日？最後，我寫信到官網的連絡信箱，得到答案是11月9日，才安心的寫在書中。

這本書，希望提供樂趣，也提供知識。在每篇故事最後，當然要加上君偉班上的「百科全書王」楊大宏的補充。他的補充，便是我花許多心力完成的；寫完之後，我愈來愈喜歡楊大宏了。我想，如果有人因為書讀得多、一肚子學問，卻被嘲笑為「書呆子」，那就太不公平啦。這個世界，有人愛吃、有人愛跳舞、有人愛讀書，大家各自在自己的興趣領域發揮專長，這是好事啊。

不知道你最喜愛書中的什麼節？讀完本書，可以跟家人、好友聊聊，做個簡單的調查，說不定你也能寫篇獨一無二的絕妙報告。忽然發現，我剛才是否在開頭寫了「第一本就是……」這句話？下次與讀者見面時，該不會被追著問：「老師，第二本君偉報告，何時出版？」不如，請大家幫我想想，接下來，你們想聽什麼報告？不知道會不會有外星人讀者最想知道地球人的什麼報告呢？該不該為廣大的外星讀者，也寫一本《你所不知道的地球八卦》啊？

作者個人介紹

王淑芬

是在臺灣臺南出生的女生，四歲的讀者叫她「淑芬奶奶」，目前住在新北市。大學讀教育系，當過小學主任、美勞教師、公共電視童詩節目主持等。寫了六十多本書，含《一張紙做一本書》《我是白痴》《去問貓巧可》等。

你所不知道的王淑芬：

- 關於飲食習慣：很害怕湯麵裡加滷蛋
- 最愛的動物：我的小兒子貓巧可
- 擅長與不擅長的：很會製作手工書，但其實手不巧，常常手拿著什麼、就掉下什麼
- 小學時最期待的課：美勞課與作文課，因為這兩門課「沒有標準答案」
- 寫過的童書：類型很多樣，目前只有「兒童劇本」沒出版、發表過
- 寫作上最得意的事：從來沒有拖稿過，都是準時交、或提早交稿。因為從小就是個準時交作業的孩子
- 最喜歡的節日：當然是過年，可以領到我兒子和女兒送給我的紅包

繪者個人介紹

賴馬

沉浸在圖畫書創作及插畫領域多年，圖像語言生動豐富，創造許多逗趣角色，是一位總是為孩子帶來歡樂的圖文創作者。

曾獲金鼎獎、小太陽獎、中華兒童文學獎、中國時報「開卷」年度最佳童書、聯合報「讀書人」年度最佳童書、「好書大家讀」年度最佳童書等。作品：《我變成一隻噴火龍了！》、《現在，你知道我是誰了嗎？》、《早起的一天》、《十二生肖的故事》、《帕拉帕拉山的妖怪》、《我和我家附近的野狗們》、《慌張先生》、《胖先生和高大個》、【賴馬的情緒四部曲】系列、《最棒的禮物》、《金太陽銀太陽》、【看漫畫 FUN 英文】套書等。目前已售出繪本版權：美、日、韓、泰、墨西哥等國。

你所不知道的賴馬：

- 最喜歡的節日：春節
- 小學時最喜歡的課：美術課
- 小學時期擅長及不擅長的事：我擅長自己做玩具，最不擅長背書

君偉的節日報告

君偉上小學 特別篇

作者｜王淑芬
繪者｜賴馬

責任編輯｜楊琇珊
美術設計｜林家蓁
電腦排版｜中原造像股份有限公司
行銷企劃｜葉怡伶

天下雜誌群創辦人｜殷允芃
董事長兼執行長｜何琦瑜
媒體暨產品事業群
總經理｜游玉雪　副總經理｜林彥傑
總編輯｜林欣靜
行銷總監｜林育菁　副總監｜李幼婷
版權主任｜何晨瑋、黃微真

出版者｜親子天下股份有限公司
地址｜台北市 104 建國北路一段 96 號 4 樓
電話｜（02）2509-2800　傳真｜（02）2509-2462
網址｜www.parenting.com.tw
讀者服務專線｜（02）2662-0332　週一～週五：09:00~17:30
讀者服務傳真｜（02）2662-6048
客服信箱｜parenting@cw.com.tw
法律顧問｜台英國際商務法律事務所・羅明通　律師
製版印刷｜中原造像股份有限公司
總經銷｜大和圖書有限公司　電話｜（02）8990-2588

出版日期｜2020 年 2 月第一版第一次印行
2024 年 2 月第一版第十五次印行

定價｜300 元
書號｜BKKC0035P
ISBN｜978-957-503-545-7（平裝）

訂購服務

親子天下 Shopping｜shopping.parenting.com.tw
海外・大量訂購｜parenting@cw.com.tw
書香花園｜台北市建國北路二段 6 巷 11 號　電話｜（02）2506-1635
劃撥帳號｜50331356 親子天下股份有限公司

國家圖書館出版品預行編目（CIP）資料

君偉的節日報告／王淑芬文；賴馬圖．--
第一版．-- 臺北市：親子天下，2020.02
200 面；　19X19.5 公分
ISBN 978-957-503-545-7（平裝）

863.59　　108022625